고전 89편을 배경으로 하는
포항공대 박상준 교수의 인문 정신 편력

옛적의 인문학

고전 89편을 배경으로 하는
포항공대 박상준 교수의 인문 정신 편력

에세이 인문학

초판 1쇄 발행 2016년 4월 20일
초판 2쇄 발행 2016년 12월 15일
지은이   박상준
펴낸이   공홍
펴낸곳   케포이북스
출판등록   제22-3210호
주소   서울시 서초구 반포대로14길 71, 302호
           (서초동, LG에클라트)
전화   02-521-7840
팩스   02-6442-7840
전자우편   kephoibooks@naver.com
ISBN 978-89-94519-89-0 03800

값 12,000원

ⓒ 박상준, 2016

고전 89편을 배경으로 하는
포항공대 박상준 교수의 인문 정신 편력

박상준 지음

왜사는 인문학

케포이북스
KEPHOI BOOKS

책들은 많되 읽히는 책은 적은 시절에 한 권의 책을 묶어 내는 심정이 복잡하다. 정도는 약해도 하나의 유행처럼 각종 인문학 책들이 나오는 상황에 발을 담그는 터라 더욱 그렇다. 그림에노 불구하고, 두 가지에 기대어 이 작은 책을 세상으로 보낼 용기를 갖게 되었다. 좋은 것은 많을수록 좋다는 생각과, 지식이 아니라 지혜가 중요하고 정보가 아니라 사고가 절실한 때라는 판단이 그것이다.

좋은 것은 많을수록 좋다. 나쁜 것이 적지 않을 때 좋은 것이 그것을 압도할 만큼 많은 것은 단순히 양이나 수효를 따지더라도 필요한 일이다. 좋은 것들이 많지 않은 상태라면 가능한 대로 많게 해야함은 물론이다. 우리나라 상황에서 볼 때 인문학이 바로 이런 경우이다. 얼핏 보면 인문학과 관련해서 여러 책들이 나오는 것 같지만 여전히 너무 적고 그 다양성 또한 아쉬운 것이 사실이다.

물론 좋은 것의 양적 증대라는 필요와 당위에 기대기만 하면서 세상에 한 권의 책을 더하는 책임을 피할 수는 없다. 좋은 것들 각각이 진정으로 좋은 것이 되고자 노력할 때 좋은 것들의 증대가 의미를 갖고 문화와 사회의 발전에 기여하는 까닭이다. 이러한 점에서 이 책이 의도한 것이 첫 문단 끝 구절의 판단이다.

인문학 일반에 대한 지식이나 인문학 텍스트들에 대한 정보가 아니라, 인문학에 근거한 지혜와 인문 정신이 행하는 사고를 확산시키고 공유하는 것이 필요하다는 판단에서 이 책이 준비되었다. 인문학 관련 지식과 정보 자체도 의미 있는 것이지만, 인터넷을 열기만 해도 그에 대해서는 무수히 많은 자료를 쉽게 찾을 수 있다. 따라서 인문학을 소개하거나 인문 고전을 인용하는 형식의 책이 아니라, 인문학적인 사고가 살아 움직이는 모습을 보이는 책을 쓰고자 했다. 다양한 인문 고전을 활용하여 우리 주변의 실제 삶을 성찰하는 인문 정신의 향연을 보이고자 하는 담대한 소망을 실천해 본 것이다.

이 책에 수록된 글들은, 2015년 3월 18일부터 12월 27일까지 꼬박 41주 동안 매주 한 편씩 발표된 인문학 칼럼이다. 연재를 시작하기 전에 '인간·인간관계, 리더십'과 '문화예술', '현대문화', '사회 상황, 세계', '기타'의 다섯 가지 범주를 정하고 세부 주제들을 골라 두었다. 인간과 세계, 문화의 측면에서 2015년 한국 사회에서 살고 있는 우리들의 상황을 인문학의 시선으로 되돌아보고자 한 것이다. 인문학의 특성과 위상이나 현대사회, 문화예술의 본질 등에 대한 근본적인 성찰 외에, '갑질'이나 '7포 세대', '젠트리피케이션', '역사 교과서 국정화' 등과 같은 시사적인 문제가 다수 포함된 이유가 여기에 있다. 우리들의 삶에서 인문학과 그것을 실천하는 인문 정신이 어떠한 힘과 의미를 지닐 수 있는지를 보이고자 한 것이다.

돈으로 사람살이의 모든 일을 재단하는 경제 중심주의 속에서, 사람을 사람으로 보지 않고 사물로 대하는 '사물화'와 '갑질'이 만연하는 한편 청년들은 '7포 세대'로 내몰리고 중산층의 삶의 안정이 심각하게 위협받는 상황이 가속화되고 있다. 텔레비전을 채우는 연예 및 오락 프로그램은 물론이요 인터넷과 SNS 또한 우리들 공동체의 발전을 심각하게 위협하고 있다. 이러한 문제들에 대해서 그 궁극적인 해결을 위해서 인문학이 할 수 있는 말, 해야 하는 말을 감히 해 본 결과가 이 책이다. 이미 출간되어 있는 대부분의 인문학 관련 책들과는 달리 인문 정신의 실천적 태도를 보이는 새로운 인문학 책을 의도한 것인데, 바람대로 결과가 나왔는지 여부는 물론 독자의 판단에 따를 뿐이다. 현재의 결과가 미흡하더라도, 이러한 시도가 계속 이어지는 데 의미 있는 마중물 역할을 할 수 있기를 희망한다.

이 작은 책을 내는 데 있어서 많은 도움이 있었다. 초고의 발표 기회를 준 대한산업안전협회의 〈안전저널〉에 힘입은 바 크다. 매 원고마다 응원을 보내고 간혹 원고가 늦어질 때도 격려의 말로 기다려 주신 연슬기 기자께 특히 감사의 말을 전한다. 초고를 보고 가끔 따끔한 조언을 아끼지 않은 아내 김은숙과, 나름대로 독자 모니터링을 해 준 정환이, 지현이 두 아이들에게도 고마움을 표한다. 초고를 모은 출력본을 꼼꼼히 읽어 주신 손영우, 노승욱 교수 부부께도 감사의 마음이 크다. 원고들을 올린 블로그와 포스텍 교내 게시판, SNS에서 지지의 말씀을 남겨 주신 분들을 포함하여 매주 묵묵히 읽어 주시며 힘을 실어 주신 독자 분들 모두에게 이 자리를 빌려 감사의 말씀을 드린다. 독자들의 눈이 없었다면 지금과 같은 모습의 글들을 얻지 못했을 것이다. 2014년에 출간한 『꿈꾸는 리더의 인문학』에 이어 이 에세이들을 다시 한 권의 멋진 책으로 묶어 주신 케포이북스의 공홍 대표님과 윤종욱 과장님께 고마운 마음을 전한다. 열악한 출판 상황에서 누가 되지 않기를 바랄 뿐이다.

2016년 봄을 맞아 모친의 건강을 희구하며
포스텍 무은재에서
박 상 준

차례

책머리에   5
주제 찾아가기   12

1부:: 인문 정신의 길 찾기

1. 인문학의 위상, 인문 정신의 힘 ――   17
2. '삐딱한 인문 정신' 선언 ――――   23
3. 과학과 경제 그리고 인문 정신 ――――   28
4. 커넥터와 스토커, 지식인과 엔지니어 ――――   33
5. 좀비 인문학의 시대 ――――   38
6. 인문학과 자유, 그리고 교과서 ――――   43
7. 노벨상과 인문 정신 ――――   48
8. 미래의 문제 ――――   52
9. 학교에서 가르쳐야 할 것 ――――   57

2부:: 살맛 나는 공동체를 위하여

1. 부끄러움과 미움의 문화가 갖는 힘 ――――   65
2. 자동판매기와 '갑질' ――――   70
3. 기다림이 없는 세상 ――――   75
4. 깍두기와 왕따 ――――   80
5. 운도 돈도 아닌 실력의 세계 ――――   85
6. 외국인을 대하는 우리의 이중성 ――――   90
7. 단골과 유행, 그리고 르상티망 ――――   95
8. 무감각은 범죄다 ――――   100
9. 동물의 왕국 경계하기 ――――   105
10. 유럽 여행 단상 ――――   110

3부:: 문화를 생각한다

1. 적나라한, 너무도 적나라한! ——— 117
2. '가위남'과 설거지 ——— 122
3. 문화생활의 즐거움과 어려움 ——— 127
4. '혓바닥 인간'의 시대 ——— 132
5. 키치(Kitsch)를 묻는다 ——— 137
6. 컴포넌트여 영원하라 ——— 142
7. 문학예술에 대한 환상과 진상 ——— 147
8. 문학의 세 가지 유형, 그 기능과 효과 ——— 152
9. 대중문학과 고전-소설 읽기의 두세 가지 풍경 ——— 157
10. 문학의 표절과 우리의 과거 ——— 162
11. 노벨'문학'상과 베스트셀러, 그리고 표절 ——— 167

4부:: 한국 사회의 현재와 과거, 그리고 미래

1. 포기하는 세대를 위한 기억 ——— 175
2. 아파트의 빛과 그림자 ——— 180
3. '중독의 시대' 넘어서기 ——— 185
4. 세월호 사태를 두고 무엇을 물을 것인가 ——— 190
5. 메르스 사태를 맞아 우리가 해야 할 일 ——— 195
6. 망각의 병과 이야기의 힘 ——— 200
7. SNS 언어의 SOS ——— 205
8. 광복 70주년에 돌이켜 보는 경주 최 부잣집 이야기 ——— 210
9. 대중사회에서의 민주주의를 위하여 ——— 215
10. 역사교과서 국정화 논란에서 주목할 것 ——— 220
11. 교수 없는 대학 사회 ——— 225

찾아보기　231

주제 찾아가기

1. 인간

주체 … 1부2 '삐딱한 인문 정신' 선언

시민 … 1부8 미래의 문제 / 2부4 깍두기와 왕따, 6 외국인을 대하는 우리의 이중성 /
4부1 포기하는 세대를 위한 기억

대중·군중 … 3부9 대중문학과 고전

말과 글, 소통 … 1부9 학교에서 가르쳐야 할 것 / 3부1 적나라한 너무도 적나라한 /
4부7 SNS 언어의 SOS

계몽 … 2부1 부끄러움과 미움의 문화가 갖는 힘

교육 … 1부4 커넥터와 스토커, 지식인과 엔지니어, 8 미래의 문제 / 2부4 깍두기와 왕따

노블레스 오블리주 … 4부8 광복 70주년에 돌이켜 보는 경주 최 부잣집 이야기

리더십 … 1부4 커넥터와 스토커, 지식인과 엔지니어 / 2부1 부끄러움과 미움의 문화가
갖는 힘

2. 사회

근대화 … 2부6 외국인을 대하는 우리의 이중성

정치 … 3부7 문학예술에 대한 환상과 진상

경제 … 1부3 과학과 경제 그리고 인문 정신

자유, 자유주의 … 1부1 인문학의 위상, 인문 정신의 힘, 2 '삐딱한 인문 정신' 선언

민주주의, 민주화 … 2부8 무감각은 범죄다 / 4부9 대중사회에서의 민주주의를 위하여

자본, 자본주의 … 1부3 과학과 경제 그리고 인문 정신, 5 좀비 인문학의 시대

경제 중심주의 … 2부9 동물의 왕국 경계하기

실업, 니트(NEET)족 … 1부5 좀비 인문학의 시대 / 4부1 포기하는 세대를 위한 기억

비정규직 … 4부11 교수 없는 대학 사회

삶의 양식 … 2부7 단골과 유행, 그리고 르시클라주

소외 … 2부2 자동판매기와 '갑질' / 3부2 '가위남'과 설거지

사물화 … 2부2 자동판매기와 '갑질'

상품화 … 1부1 인문학의 위상, 인문 정신의 힘

갑질 … 2부2 자동판매기와 '갑질', 9 동물의 왕국 경계하기

젠트리피케이션(gentrification) … 1부7 노벨상과 인문 정신

왕따, 학교폭력 … 2부4 깍두기와 왕따

교과서 … 1부6 인문학과 자유, 그리고 교과서, 9 학교에서 가르쳐야 할 것

3. 문화 예술

독서 … 3부1 적나라한, 너무도 적나라한!

고전, 세계문학 … 3부7 문학예술에 대한 환상과 진상

문학 … 1부6 인문학과 자유, 그리고 교과서 / 3부7 문학예술에 대한 환상과 진상,
          8 문학의 세 가지 유형, 그 기능과 효과

음악 … 3부6 컴포넌트여 영원하라

대중문화 … 3부4 '헛바닥 인간'의 시대

베스트셀러 … 3부11 노벨문학상과 베스트셀러, 그리고 표절

오리엔탈리즘 … 2부6 외국인을 대하는 우리의 이중성

유행 … 2부7 단골과 유행, 그리고 르시클라주

키치 … 3부5 키치(Kitsch)를 묻는다

저작권, 표절 … 3부10 문학의 표절과 우리의 과거

아파트 … 4부2 아파트의 빛과 그림자

1부

인문 정신의
길 찾기

인문학의 위상, 인문 정신의 힘
'삐딱한 인문 정신' 선언
과학과 경제 그리고 인문 정신
커넥터와 스토커, 지식인과 엔지니어
좀비 인문학의 시대
인문학과 자유, 그리고 교과서
노벨상과 인문 정신
미래의 문제
학교에서 가르쳐야 할 것

인문학의 위상,
인문 정신의 힘

1 인문학의 자리

경제적 신자유주의가 지배하는 현대 사회에서 인문학은 배경음
악과도 같은 위상으로 격하되었다. 자체로 감상되지는 못하고 존재
한다는 사실 자체로 장소의 품위(?)를 높여 주는 장식으로 전락한 그
러한 음악의 자리에 놓여 있다. 자본의 논리에 비춰 보면 사정이 더
열악하다. 자신의 증식을 목표로 하는 자본이 보기에 인간을 앞세우
는 인문학의 주장이란 신경에 거슬리는 소음에 불과하다.

자본과 인문학의 실제적인 관계는 인문학의 상품화에서 뚜렷이
확인된다. 어떤 사회적 활동도 상품 형식을 떠나서는 존재하기 어려
운 상황 속에서 인문학 또한 자본의 증식 수단의 하나로 가공되고 소

비된다. 서재나 강의실을 벗어나온 거리의 인문학이 기획자들과 수요자들의 입맛에 의해 요리되는 현실이 이를 증명한다.

우리 시대의 또 하나의 표지인 민주주의와 관련해서도 유사한 상황이 조성되어 있다. 공화정으로 시작되는 현대 민주주의 사회와 계몽주의에서 연원하는 현대의 인문학은 공통의 출발점을 갖는다. 양자가 하나가 되어 유럽에서 새로운 세계를 이루어 내었고 그 새로운 정치체제가 이제 전 세계를 상악하고 있다.

하지만 현재의 실상을 들여다보면 이 둘 역시 불균등한 역학 관계에 놓여 있음이 확인된다. 북한도 미국도 똑같이 '민주주의'를 표방하는 상황에서 민주주의를 지향하는 인문학이란, 통치할 자격을 갖지 않은 자들이 권력을 행사하는 이 민주주의 체제(자크 랑시에르, 『정치적인 것의 가장자리에서』)를 유지하게 하는 시녀의 자리로 내려앉아 버렸다. 민주주의 체제라는 것들의 비민주주의적인 실제를 보기 어렵게 하는 것이 대중적인 인문학의 역할이 되어 버린 것이다.

2 인문학자의 성격

이러한 상황에서(도 여전히!) 인문학을 탐구하고 퍼뜨리고자 함으로써 인문학자는 기묘한 존재가 되어 버렸다.

인문학자란 요령부득의 존재이다. 그들은 돈 버는 일이 중요하지 않다면서도 강의를 하거나 책을 써서 돈을 번다. 인간의 삶에서 경제가 차지하는 비중이 지금처럼 커서는 안 된다고 주장하는 것으로 사회적 부의 일부를 수령하는 것이다. 그들의 행태는 더욱 이해하기 어렵다. 그들 자신만이 옳다는 듯 다른 주장들을 비판하는 데 온 힘을 기울이며 배제의 논리 위에서 진리 주장을 행한다. 그 결과로 생기는 인문학 논의의 난해함과 착종 현상이 인문학의 사회 내 위상을 더욱 위태롭게 하는데도 말이다.

인문학자의 이러한 면모는 그들 존재의 경계적인 성격 탓이라 할 수 있다. 그들은 사회 내에 있되 사회 바깥으로 시선을 돌린다. 더 정확히 말하자면, 사회가 스스로를 가장하는 면모를 제대로 파악하기 위해서 현재 사회의 과거나 현 사회 너머의 어떤 지점을 탐구하며 그로부터 사회의 모습을 통찰하고자 한다. 이 사회에 발을 디디되 이 사회의 논리 바깥에서 작업을 수행하는 이러한 특성 때문에, 인문학자는 삐딱한 존재이며 사회의 은공을 모르는 배덕자가 된다. 인문학자는 자신을 키워 주는 사회의 정당성을 끊임없이 회의하는 배은망덕한 모습을 자신의 덕으로 삼는다.

인문학자란 배반의 존재이다. 자신이 발을 디디고 있는 사회의 이면을 탐구하면서 사회가 내세우는 진리 주장에 흠집을 내는 것이 그들의 일이다. 이렇게 인문학자는, 근대사회의 수립에 기여했던 초기 계몽주의 이데올로그들의 후예면서도 제 아비를 배반하고 스스로를 사회 맞은편에 세웠던 '비판적 지식인'의 연장선상에 서 있다. 자신의 전문분야에 갇히는 '지식 기사(engineer)'와 달리 사회 전반의 '남의 일'에 관심을 갖고 적극적으로 참견하는 '지식인'의 직계 후손인 것이다(장 폴 사르트르, 『지식인을 위한 변명』).

인문학자들이 비판적 지식인으로 남을 수 있게 된 데는 이 사회의 공로와 책임 모두가 크다.

사회의 책임을 말할 수 있는 소지는 두 가지다. 우리가 살고 있는 근대 국가 거의 모두가 정치 체제와 상관없이 민주주의를 지향한다는 점이 하나요, 시민사회의 영역에서는 자유주의를 신봉한다는 사실이 다른 하나다. 이렇게 민주주의와 자유주의를 표방하되 실상은 민주적이지도 자유스럽지도 못한 방식으로 자신을 유지하는 까닭에, 순진하고 눈 밝은 인문학자들이 분개하도록 만드는 것이다. 이것이 사회의 책임이다.

그러면서도 동시에 사회의 공로를 말할 수 있다. 바로 그러한 인문학자들을 사회가 먹여 살리고 키우는 까닭이다. 저 옛날 선원들이 배의 위험 상태를 손쉽게 확인하기 위한 수단으로 배 밑바닥에 쥐를 키웠다 하듯이, 우리 시대의 사회는 인문학자들을 연명시킴으로써 위기 상황에 대한 신호 체계 하나를 작동시키고 있다. 물론 오늘날 대부분의 사회는 그 신호를 무시한다. 사회가 인문학자들의 목소리를 배제하지 않는 것은, 바로 그 정도만큼 자신의 실제를 가리는 알리바이를 획득할 수 있기 때문일 뿐이다.

3 인문 정신의 힘

현대 자본주의 사회에서 인문학은 자기 정체성을 부정당하는 위험에 놓여 있고 그 결과로 인문학자들은 자신을 지키기 위해 더욱더 배덕자의 자리를 찾고 있다. 이것이 불행한 상황일까. 그렇다고 생각한다면 이는 인문학의 사고 내에서의 순진한 판단일 뿐이다. 플라톤의 철인정치도 실러의 미적 교육도 실제 현실에서는 실현된 적이 없는 인문학의 사고실험일 뿐이었기 때문이다. 인문학의 기획은 언제나 역사에서 배신당해 왔다. 행불행을 따질 필요가 없이, 이것이 사실이다.

따라서 강조할 점은, 바로 그러한 현실적인 패배 속에서 인문학이 자신을 키워왔다는 사실이다. 인문학에 있어, 자신을 부정하고 배반하는 현실이야말로 자신을 한층 벼리게 해 주는 원동력이어 왔다.

사정이 이러하기에 인문학(자)의 운명이란 현실에서 실현되지 않을 말을 끊임없이 하는 것이라고 하겠다. 실현되지 않으리라는 것을 확실히 알면서도 우리가 인간으로서 지향해야 할 가치를 계속 말하는 것, 근대소설의 아이러니(Ironie)라고 일컬어지기도 했던 이러한 태도(루카치, 『소설의 이론』)가 인문학의 핵심인 인문 정신의 정체이다. 인문학 상호간의 비판을 원동력으로 하여 사회에 대한 반성적 거울의 역할을 끊임없이 유지함으로써, 인문 정신은, 부단히 변화하는 사회보다 한순간 먼저 한걸음 더 나아가기를 계속한다. 이것이 인문학

을 발전시키는 동력이자, 우리 삶의 지속과 향상에 기여하는 인문 정
신의 힘이다.

'삐딱한 인문 정신' 선언

대체로 규범을 지키되 나는 될 수 있는 대로 좀 더 자유롭게 살고
자 노력한다. 남에게 해를 끼치는 것이 아니라면, 남들이 다 (해야) 한
다고 해서 내가 하기 싫은 것을 하지는 않는다. 나 자신의 생활 리듬
에서든 내가 속한 집단이 갖고 있는 규율 차원에서든, 나 스스로 숨
쉴 틈을 잃지 않으려고 노력한다. 그런 것이 삶이라고 나는 믿는다.

모두가 똑같이 산다면 그것은 인간의 삶이 아니다. 개성을 죽이
고 획일성을 앞세우는 경우라면 그 정도야 어쨌든 인간성을 말살하
는 전체주의 사회라 할 것이다. 널리 알려진 SF들을 이용해 말해 보
자면, 그 구성원이, 조지 오웰의 『1984』(1949)가 그렸듯이 우리와 같
은 사람이되 세뇌된 경우든 올더스 헉슬리의 『멋진 신세계』(1932)가
보여 준 것처럼 공장에서 만들어지는 새로운 인간이든 버나드 베켓

의 『2058 제네시스』(2006)가 놀랍게 형상화했듯이 말 그대로의 기계든 간에, 모두가 획일화된 그러한 존재들로 이루어진 사회는 인간의 사회라 할 수 없다.

물론 현대 사회의 누구라도 제 뜻대로 살 수만은 없다는 사실은 명명백백하다. 그렇게 생각하는 사람이 있다면 그것은 사실 '주체(subject)라는 이데올로기'에 빠져 있는 경우라고 해야 할 것이다(루이 알뛰세르, 「이데올로기와 이데올로기적 국가 장치」, 『아미엥에서의 주장』). 우리들 모두 현재 자신의 모습에 이르기까지 '자신(만)의' 의지로 모든 역경을 이겨온 것은 아니라는 사실만 떠올려도, 내가 내 삶의 주체라는 생각이 한낱 허위의식[이데올로기]임이 분명해진다. 공동체 구성원 일반이 지켜야 하는 사회·역사적 규범으로서의 윤리의 맥락에서 볼 때 모두가 자기 요구의 즉각적인 충족을 지연시키는 '현실 원칙'(프로이트, 「정신적 기능의 두 가지 원칙」, 『정신분석학의 근본 개념』)을 체득해야 하는 것도 따로 설명이 필요하지 않다.

이렇게 '사람살이의 근본적인 차원에서' 어느 누구도 자기 식대로만 살 수는 없다고 해서, 인간의 삶이 동일성을 지향해 왔다고 본다면 오산이다. 말 그대로의 동일성 상태란 어떠한 변화도 허용하지 않는다는 점에서, 사실이 그랬다면 문화와 문명의 발전 자체가 가능하지 않았을 것이기 때문이다. 사정은 정반대다. 발터 벤야민이 '모든 문명의 기록은 곧 야만의 기록'이라고 「역사의 개념에 대하여」에서 갈파했듯이 모든 새로운 문명은 기존의 것을 파괴해 왔고, 문화의 발전이란 언제나 차이를 풍부하게 하면서 이루어져 왔다.

요컨대, 어느 누구도 자기 식대로만 살 수는 없지만, 모두가 동일한 방식으로 살기만 하면 그것은 인간의 삶도 인간 사회도 아니요 문화나 문명의 발전도 바랄 수 없다고 할 수 있다.

인문학이 밝혀 주는 이러한 사태, 동일성이 아니라 차이가 중시되는 이러한 사실들을 어떻게 볼 것인가. 나는 적극적으로 긍정한다. 거기에 자유의 여지가 있기 때문이다. 약간 소극적으로 들릴지 몰라도 엄밀하게 말하자면, 바로 그러한 상황에서야 내가 하고 싶은 바를 할 수 있는 기회 혹은 가능성이 말살되지 않기 때문이다.

바로 이러한 사정에서, 나는 가능한 대로 내가 하고 싶은 대로 하며 살고자 한다. 하고 싶은 일을, 하고 싶은 방식으로 행하는 삶을 지향하는 것이다(물론 남을 해치지 않는다는 전제 위에서임을 마지막으로 한 번 더 밝혀 둔다). 남이 하라고 했기 때문에 하지는 않는 삶을 살려는 것이다.

그 결과로 나는, 밀란 쿤데라의 소설 『참을 수 없는 존재의 가벼움』에서 '사비나'가 그랬듯이, 사람들을 한데로 모으는 '깃발'을 좋아하지 않는다. 동일한 맥락에서, 저 유신시절 '새마을 운동'이 좋은 예가 되는 바 집단적 규율의 강제를 나는 혐오하고, 예컨대 국내 유수의 대기업들이 행한 금연 정책의 폭력에 냉소를 보낸다. 공동체의 이익에 반하며 자신의 이해관계와도 무관하게 지배 이데올로기에 휘둘려 플래카드를 내세우는 군중들에게서 인간성의 상실을 보고 한탄한다. '새 술은 새 부대에' 따위의 말을 앞세워 사람살이의 본성이 드러나는 전통과 역사를 무시하고 자신이 새로 맡은 조직을 자기 식대로 완전히 뜯어고치려는 모든 레벨의 리더들을 경멸한다.

동일한 결과로 나는, 텔레비전의 각종 연예 프로그램이나 드라마들을 보지 않는다. 의복에서 레저에 이르기까지 세상을 횡행하는 온갖 유행으로부터 거리를 두고, 그것을 조장하는 상품광고들에도 눈길을 주지 않는다. 프랜차이즈 커피숍이나 식당의 브랜드에 둔감한 상태를 의식적으로 유지하며, 책을 읽어도 베스트셀러는 일단 외면하고 안목 있는 사람들이 읽어 볼 만하다고 할 때에야 비로소 구매 여부를 고려한다. 영화는 말할 것도 없어서, '천만 관객' 운운하면 우선 거리를 두고 본다.

삐딱하다면 삐딱하다 할 이러한 태도를 생활의 모든 면에서 무작정 취하고 볼 뿐이라면 공감을 얻을 수 없는 아웃사이더나 냉소주의자 혹은 현학과 허세를 앞세우는 속물에 불과하겠지만, 그런 것은 아니다.

넓은 의미에서의 각종 정치 행위나 우리 사회의 소비사회적인 특성 및 대중문화 일반에 대해 거리를 두고 비판의 눈길을 유지하는 것은, 그것들과 달리 우리가 계속 소중히 여겨야 한다고 믿는 것이 있기 때문이다. 허두에서 밝힌 대로 개개인의 자유가 그것이다.

문화의 건강성을 유지하고 문명의 발전을 가능케 하는 차이를 만들어 낼 자유, 획일화를 조장하는 권력에 맞서 나 그리고 우리가 각각 그러한 차이들의 보유자로 존속할 자유를 위해서 삐딱함이 요구

되기에 그러한 태도를 취하는 것뿐이다. 근본적으로 말하자면, 삶의 모든 영역을 지배하며 획일화를 강제하는 자본에 맞서 인문학이 일 깨워 주는 그러한 자유와 그것에의 의지 자체를 유지·발전시키려는 긍정적이고도 적극적인 의지에서 나의 삐딱함이 나온다고 하겠다. 삐딱한 인문 정신의 선언은 이렇게, 사회에 의해 강제된 것이다.

과학과 경제
그리고 인문 정신

인간의 역사라는 긴 관점에서 볼 때 우리 시대를 특징짓는 가장 큰 힘은 과학과 경제 두 가지이다. 과학의 발전이 끊임없이 지속되어 인간과 세계에 대한 이해가 놀라울 만큼 확충되었다는 점이나, 자본주의 체제가 전 지구를 장악하면서 세계 경제가 유례가 없을 만큼 팽창했다는 사실을 말하는 것이 아니다. 이상의 진술 또한 엄연한 사실이지만 보다 중요하고도 특징적인 것은 다른 데 있다. 과학도 경제도 자신의 대상에 있어 어떠한 경계도 갖지 않게 되어 가고 있다는 사실이 그것이다.

역사적으로 보자면 과학도 경제도 사회의 한 부문에 불과했다. 전근대 사회에서 가톨릭이나 유교와 같은 지배적인 종교 이념 아래 복속되어 있었을 때나, 근대로 들어와서 각각 자율적인 상태가 되어 급속한 발전을 거듭해 온 때나, 과학은 과학의 영역을 지키고 있었고 경제는 또 경제대로 자신의 영역을 갖고 있었다. 예를 들어 순수예술이나 문화, 정치 등의 다른 사회 부문들과 서로 거리를 두고 있었던 것이다. 막스 베버가 『직업으로서의 학문』에서 밝혔듯이 근대에 들어 사회의 각 부문들이 서로 자율적으로 발전해 오는 중에, 과학도 경제도 자기의 경계 내에서 움직여 왔다고 할 수 있다.

지난 세기 후반부터 상황이 급격히 달라져 왔다. 과학과 경제가 각각의 경계를 넘어 인간 사회의 모든 영역을 대상으로 삼아 가고 있는 것이다.

현대과학의 욕망은 무한해 보인다. '자연과학'이라고 불려 온 세 과학들이 그 대상의 설정에 있어 자연의 경계를 넘어 인간의 여러 측면과 사회의 거의 모든 국면을 대상으로 하고 있다. 생명과학은 인간 복제 기술까지 나아 왔으며, 뇌 과학이 인간의 정신 활동을 규명하려는 야심찬 노력에 박차를 가하고 있고, 수학이 경제 금융에 깊이 관여한 지는 오래되었다. 복잡계 물리학이 인간의 다양한 활동들을 연구 대상으로 삼아 온 것도 주지의 사실이다.

과학과 기술의 복합체인 공학의 발전은 더욱 놀라운 것이다. 정보기술(IT) 산업의 발전은 한편으로는 세상 자체를 바꾸어 놓았고 다른 한편으로는 그러한 신세계 속의 우리들의 일상을 구석구석까지 지배하고 있다. 인터넷과 스마트폰은 문명사적인 전환의 지표가 되기에 부족함이 없고, 사물 인터넷과 빅데이터 기술 또한 각각 그리고 복합적으로 우리들의 삶을 근본적으로 바꾸어 놓을 것이다. 핵이나 드론, 로봇 등에 관련된 공학의 발전이 어떠한 상황을 초래할지는 예측을 불허한다.

과학의 이러한 동향을 가능케 하는 힘은 두 가지다. 하나는 고대 그리스의 자연 철학자들로부터 현재의 과학자들에게까지 이어지는 것으로서 '지적인 호기심'이다. 이는 세계를 이해하고자 하는 인간의 본성에 해당될 터이지만, 메리 셸리의 『프랑켄슈타인』도 경고했듯이 빛과 그림자 모두를 갖고 있는 것이다. 과학의 무한한 경계 확장을 추동하는 또 다른 힘은 경제다. 막대한 이윤을 낳을 새로운 산업의 창출을 위해 과학과 기술이 적극적으로 활용되는 것이 우리 시대의 실정이다. 과학과 경제의 관련은 다른 측면에서도 확인된다. 우주 항공 과학은 물론이고 강입자가속기(LHC) 같은 첨단 물리학 연구 시설 등도 막대한 자금을 필요로 하는 까닭에, 과학은 순수한 연구를 위해서도 경제와 뗄 수 없는 관계에 들어와 있다.

경제가 과학과만 연관된 것은 물론 아니다. 과학보다도 더하게 경제야말로 대상을 가리지 않고 인간과 사회의 모든 것에 관여하여 큰 변화를 초래하고 있다.

이 시대에 진정으로 자유로운 것은 경제가 유일하다고 할 만하다. 이윤의 창출을 통한 자기 증식이라는 맹목적인 목적 하나만으로 움직이는 자본은 이제 아무런 제어 장치도 알지 못한다. 다국적 기업과 국제적 투기 자본은 일개 국가나 정부의 통제 범위를 벗어나 무한한 자유를 누리고 있다. 이러한 자유로움은, 현대 경제의 주도권이 실물 경제가 아니라 금융공학을 활용하며 비대해진 금융 산업에 주어져 있다는 데서 뚜렷이 드러난다. 인간과 사회의 필요에 부응해서 움직이는 것이 아니라 자본 자체의 논리에 따라서 움직이는 이러한 경제는, 더 이상 인간 삶의 한 부면이 아니고, 인간의 삶 위에 존재하는 리바이어던이라 할 것이다.

거대한 괴물이 되어 버린 경제가 우리들의 삶에 드리우는 그늘은 깊고도 짙다. 역사적으로 경제 맞은편에 놓여 있었던 문화예술이 문화산업에 편입되어 문화상품으로 변모되어 온 지는 이제 한 세기를 넘게 되었다(호르크하이머·아도르노,『계몽의 변증법』) 정치가 돈에 휘둘리는 현상도 전 세계적으로 일반화되고 있다. 우리나라의 경우 학문과 교육의 장 또한 경제 논리에 의해 좌우되고 있다. 일상적인 생활과 인간관계에서 경제가 행사하는 위력은 더욱 막강하다. 부의 소유 정도가 인간의 품격을 결정하는 유일한 요인처럼 간주되어 위력을 행사하는 것이 부정할 수 없는 현실이다. 경제적인 능력에 따라 인간관계의 범주가 제한되는 것 또한 엄연한 사실이 되어 버렸다.

지금까지 살펴본 바와 같은 과학과 경제의 전일적인 지배 양상이 우리를 위협하고 있다. 과학의 인간 해부는 인간의 자유의지와 유적 본성을 위협할 만한 수준에 이르렀고, 경제의 만능화는 인간 삶의 다양한 국면들이 갖는 고유성 및 상호간의 차이를 말소시키고 있다. 과학도 경제도 우리의 삶에 있어 필수불가결한 것이고 그 성과가 대단히 소중한 것임은 분명하지만, 과학과 경제가 자신의 경계를 넘어 인간의 삶 전체를 규율하는 것은 재앙이라 하지 않을 수 없다.

인간이 과학적 이성만을 가진 존재가 아니고 인간의 문화가 경제적인 척도만으로는 해명될 수 없는 것이 분명한 이상, 위와 같은 우려는 전혀 기우일 수 없다. 우리 시대를 지배하고 있는 과학과 경제에 대한, 과학과 경제 바깥에서의 사유가 절실히 요청되는 이유가 여기에 있다. 역사적으로 가장 오래되고 바로 인간 자체를 탐구의 대상으로 삼아 온 인문학, 그 동력으로서의 인문 정신의 사유가 과학과 경제를 대상으로 포괄하면서 활성화될 필요가 있다.

커넥터와 스토커,
지식인과 엔지니어

중학교 2학년인 딸애가 내가 보기에도 제법 바쁘게 생활하고 있다. 다니는 학교에서 이번에 자유학기제를 시행하고 있는데, 친구들과 함께 하는 협력학습 활동이 두어 개 겹쳐 있는 탓이다. UCC 만드는 모임도 갖고, 치어리딩 발표를 위해 연습도 하고, 모형 차도 만들고 해야 하는 모양이다. 밤늦게 친구들을 불러오기도 하고, 제가 친구 집에 가기도 한다.

기획과 연습, 실행의 맥락을 나름대로 구별하면서 친구들과 꼬물꼬물 준비해 나아가는 것이 보기에 흡족하다. 서로 약속을 잡고 하는 것이 힘들었던지 차라리 혼자 시험공부를 하는 것이 편하겠다고 말한 적도 있지만, 그 말을 들은 내가 협력학습의 의의와 중요성을 한바탕 늘어놓으려 하자 금방 수긍하고 나설 만큼, 협력학습 위주로 진행되는 자유학기제의 필요성과 의의를 알고 재미를 느끼는 것 같다.

어쩌면 과제 준비보다 그 과정에서 친구들과 노닥거리는 재미에 더 끌리는지도 모른다. 아마도 십중팔구 그럴 것이다. 하지만 치어리딩 연습처럼 전적으로 놀이에 가깝다고 해도 그렇게 '함께' 노는 것 자체가 얼마나 소중한가를 생각하면, 나는 자유학기제가 좋기만 하다. 놀이가 학습에 앞선다 해도, 친구들과 더불어 시간을 갖고 무엇인가를 한다는 사실만으로도 혼자 시험공부를 하며 성적 경쟁에 내몰리는 것보다는 교육적 효과가 훨씬 크다고 믿는다. 세상 살아가는 법을 배운다는 근본적인 의미에서의 교육이라는 면에서 더욱 그러하다.

옛말에 남의 땅 밟지 않고 사는 사람 없다는 것이 있다. 표면적인 뜻은 아무리 부자라도 온 세상 땅을 다 가질 수는 없다는 것이지만, 다른 사람과 관계를 맺지 않고 혼자 살아갈 수 있는 사람은 없다는 의미를 함축하는 말이다. 사는 일이 실로 그러하다. 출생부터 사망까지 우리는 언제나 타인과의 협력이나 누군가의 도움을 통해 살아간다. 생존과 생활에 필요한 모든 일을 혼자 할 수 있는 사람은 없다. 문명을 이룬 이래 인간의 삶은 언제나 그러했다.

누군가가 생존에 필요한 먹거리를 획득하면, 누구는 그것을 먹기 좋게 가공했고, 누구는 그것을 사람들에게 적절히 나누는 일을 맡았으며, 또 누구는 그러한 일의 뒤치다꺼리를 했다. 신체를 유지하기 위한 영양소의 섭취뿐 아니라, 종족의 유지를 위한 후손의 생산과 외부 위협으로부터의 방어, 심신의 안정과 쾌락을 위한 유희 등 우리 삶의 모든 분야에서 그러한 분업이자 협업이 이루어져 왔다. 오늘날의 사회가 보이는 수많은 직업들이 그러한 협업 분화 과정의 결과라 할 것이다.

이러한 사정을 새삼 주목한다면, 사회에 나올 준비를 하는 모든 학생들, 청소년들에게 가르치고 강조해야 할 바가 뚜렷해진다.

자신이 어디서 무슨 일을 하게 되든 사회 전체 차원의 협업 속에 놓여 있어서, 다른 곳에서 일을 하는 사람들의 덕을 보는 것이라는 사실을 일깨워 주어야 한다. 자신의 현재 상태가 만족스럽다면 주위의 사람은 물론이요 한 번 본 적도 없는 사회 구성원들에게도 감사의 마음을 가져야 하며, 적어도 그에 상응하는 정도로 자기 자신도 남에게 도움이 되고자 노력해야 한다는 것을 가르쳐야 한다.

현재 상태가 만족스럽지 못하다면 상황을 개선하는 데 필요한 타인의 도움을 끌어내는 능력을 갖출 수 있게 해 주어야 한다. '타인의 협력을 이끌어 내는 능력'으로서의 리더십을 함양시켜야 하는 것이다(졸저, 『꿈꾸는 리더의 인문학』). 청소년기에 이러한 리더십을 갖추는 좋은 방법 한 가지는 말콤 글래드웰이 『아웃라이어』에서 말한바 '커넥터'가 되려고 노력하는 것이다. 앞에서도 말했듯이 우리는 모두 다른 사람들과의 협력 관계 속에서 살고 있는데, 그러한 관계로 이어진 사람들을 남들보다 훨씬 많이 갖는 사람이 커넥터이다. 예컨대 보통 사람들보다 전화번호부의 목록이 몇 곱절 많은 사람이 커넥터이다.

어떻게 커넥터가 될 것인가. 한 번 맺어진 타인과의 인연을 소중하게 생각하고, 그것을 특별한 인연으로 만들려고 적극적으로 노력해야 한다. 예를 들어, 수많은 청중들과 더불어 어떤 명사의 강연을 들은 경우, 그에게 직접 연락하여 둘만의 관계를 만들 수 있어야 한다. 물론 그냥 연락하려고만 한다면 스토커에 불과하게 될 것이다. 그를 멘토로 삼거나 어떤 구체적인 일의 조력자로 요청할 수 있을 만큼 스스로 노력하고 실력을 쌓는 준비가 있어야 한다.

사회가 서로 협력하는 부문들의 총화로 되어 있다는 사실에 근거를 두고 미래의 주역들에게 본을 보여야 하는 또 다른 일은 지식인 되기이다. 사르트르가 『지식인을 위한 변명』에서 멋지게 규정했듯이 '남의 일에 참견하는 사람'으로서의 지식인이 되도록 청소년들을 가르쳐야 한다.

'남의 일에 참견하는' 지식인이란, 누가 하는 어떤 일이든 사회 전체에 영향을 미치게 마련이라는 사실을 잊지 않고, 사회 각 부문의 일들에 관심을 갖고 관여하는 사람이다. 그러한 사실을 도외시한 채 자신의 전문분야 일만 잘하면 된다고 생각하는 '지식 기사(engineer)'와 달리, 지식인은 사회 공동체를 받치는 협력관계가 약화되지 않도록 노력한다. 어떤 그룹이나 조직 혹은 기업 등이 사회 전체에 해를 끼치는 일로 자신의 이익만을 도모할 때, 사회 전체의 입장을 고려해서 비판적으로 개입할 수 있는 지식인의 태도를 우리의 청소년들에게 키우고 권장해야 한다.

감사하는 삶뿐 아니라 커넥터와 지식인의 삶 또한 이루기 어려운 무언가 대단한 것은 아니다. 세상의 일이란 곧 인간의 일이며 우리의 삶이 서로의 도움으로 이루어진다는 기본적인 사실을 잊지 않는 인문 정신을 견지하기만 한다면, 누구라도 실행할 수 있는 일인 까닭이다. 협업의 기회가 커지는 자유학기제가 내년부터 중학교 전체에 시행된다는 사실이 반가운 것은, 인문 정신의 발양 가능성이 높아진다는 이러한 이유에서이다.

좀비 인문학의 시대

'인구론'이라는 말이 있다. '인문계 졸업생 구십 퍼센트가 논다' 는 말이란다. 여러 줄임말들 중에서 이 말만큼은 잘 잊히지 않을 듯 싶다. 유수의 기업들이 신입사원을 뽑을 때 인문계 출신은 원서도 내 지 못하게 했다는 소식도 기억에 남아 있다. 몇몇 대학들이 인문계열 학과를 강제로 통폐합하면서 잡음이 잇달아 사회를 시끄럽게 하기도 했는데, 요즈음은 이공계로 전과하려는 인문계 학생들이 늘고 있으 며 이에 부응해서 이공계 복수전공을 확대한다는 등의 소식이 심심 찮게 들려온다.

이러한 상황을 종합해 보면, 오늘날 한국 사회에서는 인문학이 '죽은 개' 취급을 받는다고 할 만하다.

인문학이 죽었다는 진단은 오래된 것이다. 2000년대 10년 내내

'이공계 위기' 담론이 커지는 동안, 인문학은 위기 경보조차 받아보지 못한 채 시나브로 죽어 없어지고 말았다. 인문학의 사멸을 잘 알려 주는 최근의 사례로 나는 '인문학의 위기는 인문계 졸업생의 취업 위기'라는 어느 칼럼의 주장을 들고 싶다. 이러한 생각은 내게, 필자의 의도와는 무관하게도, 인문학의 폐기 선고로 다가온다.

인문학의 위기를 인문계 졸업생의 실업 문제로 바라보는 입장에서는, 그들의 취업률이 올라가면 인문학의 위기가 완화되거나 해결된다고 생각할 터이다. 과연 그럴까. 전혀 그렇지 않다.

취업률을 올리면 위기가 해소된다는 것 자체가 경제적인 맥락에서의 사고이다. 따라서 인문학이 경제가 아닌 이상에야, 서로 나른 원리에 의해 움직이는 이 두 가지 사회 부문을 한 쪽에 불과한 경제를 기준으로 하여 직접적으로 연결 짓는 것 자체가 성립되지 않는다. 형식논리적으로도 자명한 이러한 사실을 무시할 수 있는 것은, 인간 사회의 모든 활동을 경제를 준거로 해서만 판단할 때뿐이다. 예컨대 부의 증대만을 목적으로 하는 경제적 동물만이 활동하는 순수(?) 경제 사회를 가정할 때만 해 볼 수 있는 말이라 하겠다.

고려해야 할 또 한 가지는, 원리를 따질 때 인문학은 이윤의 창출을 유일한 목적으로 하는 오늘날의 경제 원리와 상충된다는 사실이다. 마빈 해리스의 『문화의 수수께끼』가 제시하는 '포트래치(pot-latch)'에 따른 '선물의 사회경제학'이 보여주는 것처럼 예술과 축제란 역사적으로나 원리적으로 현재 존재하는 부를 소비해 왔듯이, 문학, 역사, 철학으로 대표되는 인문학 또한 기업 중심의 경제적인 부의 창출과는 무관하다. 동서양 중세의 유교 문화나 가톨릭의 경제관을 떠올리기만 해도 이 엄연한 사실이 명확해진다. 요컨대 예술과 마찬가지로 인문학 또한, 경제적인 부로만은 채울 수 없는 욕구를 충족시키기 위해 현재의 부를 소비하며 영위되는, '경제로 환원될 수 없는 인간적인 활동'인 것이다.

따라서 인문학의 위기란, 경세의 원리, 물질의 논리, 그리고 그 위에서 위력을 행사하는 승자 독식 상태의 천민 자본주의적인 정글의 법칙이 횡행하면서, 사회 전반적으로 인문 정신이 도외시되는 사태를 말한다. 달리 보자면, 그러한 과정에 맞서서 그것을 완화시켜야 할 인문학이 극도로 위축된 상태를 말하는 것이다. 경제 원리가 지배하는 사회 상황에 인문학이 저항하지 못하는 상황, 인간의 삶을 인간의 삶답게 발전시키는 데 인문학이 긍정적으로 기여하지 못하는 상황이 바로 인문학의 위기이다.

이러한 사태의 원인으로 인문학이 자신의 소임을 다해 오지 못했음을 질타할 수는 있어도, 이 문제를 해결한답시고 인문학에 경제 활동을 요구해서는 안 된다. 그것은 이미 식물 상태에 빠져 버린 인문학을 완전히 죽여 없애는 것에 다름 아니기 때문이다.

인문학의 위기를 인문계 졸업생의 취업 위기로 보는 것은, 이러한 잘못된 요구의 최신 버전에 불과하다. 뜬금없는 주장이 아니라, 인문학의 죽음 상태를 호도해 온 하나의 경향에 이어져 있다는 말이다.

10여 년 전에 대기업을 중심으로 일기 시작한 인문학 강연들, 그에 호응하여 개설된 유수 대학 및 기관 들의 인문학 프로그램들, 그리고 이들이 대중적으로도 퍼져 이제 하나의 흐름을 이루게 된 '거리의 인문학'의 유행(?)이 그것이다.

　피상적으로 보면 인문학이 '부흥'한다고 오해할 수 있을 법한 이러한 현상이야말로 실로 문제적이다. 이렇게 유행하는 인문학(?)이란, 기업(논리)에 의해 호출되고 상품 논리를 따르면서, 경제의 원리를 반성적으로 성찰할 인문 정신을 탈각한 채 유통되는 문화상품의 하나가 되었기 때문이다. 그것은 인문학이 아니다. 동일한 맥락에서 '거리의 인문학'의 유행 현상은, 경제적인 이익 추구의 일환으로 호출된 죽어 버린 인문학이 횡행하는 '인문학의 좀비 현상'에 불과하다 하겠다.

　인문학의 위기를 인문학도의 취업률 증대로 해결할 수 있다는 주장은 인문학의 좀비화 과정이 거의 완료되었음을 알려 주는 징후이다. 인문학이 경계하는 경제의 논리로 인문학의 진정한 위기를 호도하면서, 의도와는 상관없이, 인문 정신의 작은 뿌리까지 없애는 것이기 때문이다. 요컨대 인문학도를 취업시켜 경제인을 만들거나 인문학자를 인문학 판매상으로 만드는 일이야말로 인문 정신의 싹까지 죽이고 인문학을 상품화하는 일이다.

　인문학이 실로 필요한 것이고 제대로 부흥시켜야 할 것이라면 어떻게 해야 하는가. 구체적인 방법을 말할 계제가 못 되니 목표만 던

져둔다. 인문학이 경제적인 효과를 내게 하려는 것이 아니라, 정반대로, 경제 발전의 성과가 인문학을 활성화하고 발전시키는 데 사용되도록 해야 한다. 경제적인 대가를 바라지 않는, 인간과 사회에 대한 투자로서 인문학을 키워 주어야 하는 것이다. 이것이야말로 '인구론'의 문제를 해결하는 근본적이고도 궁극적인 방안이다.

인문학과 자유,
그리고 교과서

'인문학자는 모두 자기 잘난 맛에 산다'고 말해 볼 수 있다. 문학, 역사, 철학으로 이루어진 인문학(Humanities)의 특성상 그러한 면이 강하다.

문학작품이나 작가와 관련된 제반 사항을 연구하는 문학(연구)을 보면, 연구자마다 자신이 훌륭하다고 생각하는 이상적인 문학형을 가지고서 그에 따라 대상에 대한 해석과 평가를 내린다고 할 수 있다. 어떠한 작품이 언제 발표되었는지 등은 사실 차원의 문제이므로 이론의 여지가 거의 없지만, 그러한 사실의 확정은 문학 연구의 기초에 해당될 뿐이다. 그 위에서 행해지는 가치 평가는 연구자에 따라 상이한 양상을 띠기 마련이다.

역사도 마찬가지이다. 고려의 건국과 멸망, 임진왜란의 시기 같은 것은 사실(史實)이기 전에 사실(事實)이어서 새삼 연구할 대상이 아니다. 그러한 사실들의 의미를 따지면서 사태의 전개 양상을 통시적으로 재구성하는 일이 역사가들이 하는 일이다. 그렇게 '구성된' 것이 우리가 접하는 역사이며, 이 또한 역사가들 개개인의 사관에 따라 크든 작든 상을 달리하기 마련이다.

모든 학문의 어머니이며 엄밀한 사고의 학이라 할 철학도 예외가 아니다. 주변의 철학사를 훑어보기만 해도 동일한 사정이 금방 확인된다. 존재에 대한 이해에서 극단적으로 대립되는 관념론과 유물론, 보편적인 존재를 인정하느냐 여부로 나뉘는 실재론(實在論)과 유명론(唯名論), 인식론 차원에서 서로 대립하는 경험주의와 합리주의 등만 떠올려도, 하나의 철학 이론이 말 그대로 보편적으로 인정을 받는 것은 아님을 알 수 있다.

요컨대 인문학자들은 저마다 자신이 옳다고 생각하는 대로 연구를 하고 그 성과를 발표한다. 너무도 단순하게 사태를 기술했지만, 이러한 지적이 진실을 왜곡하는 것은 아니다.

자연과학 또한 사정이 크게 다르지 않다는 사실도 덧붙여 둔다. 과학자의 일이 진리의 왕국을 탐사하듯이 우주와 자연의 신비를 하나씩 파헤치는 것이라는 생각이 잘못된 것임은 일찍이 토마스 S. 쿤이 『과학혁명의 구조』에서 밝혀준 바 있다. 새로운 이론에 의해 기존의 이론이 대체되는 식으로 과학의 발전이 이루어지며, 이론들이 경쟁하는 상태가 과학혁명들 사이에 놓인다는 것이다.

요컨대 학문이란 진리를 찾으려 노력하는 것이지만, 어느 때든 하나의 분과 학문 전체가 단일한 목소리를 내는 경우란 없다고 하겠다. 서로 다른 주장들이 각각 자신이 옳다는 것을 증명하려고 경쟁하면서 학문이 유지·발전되는 것이다. 따라서, 서로 다른 해석과 가치 평가 들이 뒤섞여 있는 상태가 학문의 정상 상태이며 바로 그러할 때에만 학문적인 발전도 보장된다고 하겠다.

여기까지 와서 보면 인문학자뿐 아니라 거의 대부분의 학자들이 자기 잘난 맛에 산다고 해도 좋을 것이다. 그리고, 그들이 그러한 상태에 있을 때에야 학문의 발전이 가능하다는 점에서, 학자들이 서로 제 목소리를 내는 상황을 우리 모두 반갑게 기쁘게 받아들여 주어야 한다.

이러한 사정을 새삼 돌이켜 보는 것은 '역사 교과서의 국정화' 문제 때문이다.

정부와 여당이 국사 교과서를 국정화하려 하고 있음은 누구나 아는 사실이다. 뉴라이트 계열의 학자들이 펴낸 교과서를 여당 대표가 앞장서서 옹호하고 홍보했음도 대부분의 시민들이 잘 기억하고 있다. 그 위세 탓인지 이제는 교육부의 장차관과 국사편찬위원장까지 나서서 국사 교과서의 국정화를 추진하고 있다.

현재의 국사 교과서들이 마음에 들지 않는 사람들이 있고 그들을 대변하는 학자들이 있으면, 그들이 자신들의 지향에 맞는 교과서를 만들면 된다. 민주주의 사회이므로 누구도 그것을 막을 수 없다. 교학사 교과서가 바로 그러한 사례이다. 이념적 지향성 이전에 사실 관계에서부터 오류가 너무 많아 학계와 교육계의 질타를 받고 결국 학교 현장에서 선택받지 못했지만, 자신들의 지향이 소중한 것이라면 계속 노력하여 좋은 교과서로 발전시키면 된다.

다른 교과서들도 그렇지만 국사 교과서 또한 많으면 많을수록 좋다. 다시 쿤의 말을 빌리자면, 교과서는, 학계의 지배적인 이론이 자신의 틀에 맞추어 학문의 역사를 다시 쓰는 작업의 결과이다. 따라서 교과서의 종류가 다양하다는 사실은, 어느 한 이론이 절대적인 지배력을 행사하지 않고 세부에서 서로 차이를 보이는 이론들이 공존하고 있음을 증명해 주는 것이다. 학문의 발전이 끊임없이 이루어지고 있다는 증거라는 말이다.

사정이 이러하기에 국사 교과서의 국정화는 독재 정권에서나 하는 독단적인 행태라고 할 수 있다. 말이 과격하지만 옳은 말이다. 교육부 차관과 국사편찬위원장이 과거에 했던 말인데, 누가 말했든, 옳기 때문에 옳은 말이다. 대단히 유감스럽게도 그들 자신이 지금은 바로 그 '독재 정권에서나 할 법한 독단적인 행태'를 추진하고 있지만 말이다. 이들의 놀라운 변화를 염두에 두면, 현재의 사태란 위정자 자신들의 이념적 지향에 맞게 국민들의 역사의식을 교정하려는 욕망에서 빚어진 것이라고 의심하지 않을 수 없다.

다시 말하지만 역사의 진실은 다양한 학자들의 끊임없는 노력에 의해 서서히 밝혀지고 부단히 재구성되는 것일 뿐이다. 따라서 역사

교과서의 국정화 시도는, 역사 해석의 다양성을 말살하고, 그러한 해석들을 산출하는 데 신명을 바치는 역사학자들의 존재를 무시하며, 이 모두의 바탕에 있는 인문 정신을 위협하는 행위라고 하지 않을 수 없다.

인문학자들이 더 이상 저 잘난 맛에 살지 못하게 하는 전혀 창조적이지 못한 발상이기도 하기에, 한 명의 인문학자로서, 이 시대착오적인 시도가 하나의 해프닝으로 마감되기를 간절히 바란다.

노벨상과 인문 정신

이른바 '노벨상 시즌'이다. 근래 들어 매년 그랬듯이 언론 한 귀퉁이가 '왜 우리는 노벨상이 없는가'라는 주제의 글들을 싣고 있다. 일본이 연이어 노벨 물리학상을 받고, 중국이 노벨 생리의학상을 수상한 탓(?)에, 올해의 진단에는 부러움과 자조의 빛깔까지 더해졌다.

노벨상 관련 글들이 항상 지적하는 것은 간명하다. 과학 분야의 노벨상을 타고자 한다면 기초과학 분야에서 묵묵히 꾸준히 연구하는 과학자들에 대한 국가 차원의 지원이 거의 무조건적으로 그리고 지속적으로 있어야 한다는 것. 논문 편수를 따지고 가시적인 성과와 산업적인 효과를 강조하는 현재의 과학계 풍토 속에서는 노벨상을 탈만한 연구를 진행하는 것 자체를 기대할 수 없다는 것 등등.

모두 옳은 말이다. 과학계뿐만 아니라 문학 분야에서도 십분 옳은 말이다. 이렇게 옳은 지적들이 계속되는데도 불구하고 그러한 지적이 실현되지 않는 이유는 무엇일까.

사실 이에도 명확한 진단과 답이 내려져 있다. 국가사회 전반에 걸쳐 당장 그 성과를 측정할 수 있는 것만을 중시하고, 그러한 성과 판단의 근저에는 거의 언제나 경제적 수익 가능성에 대한 질문이 놓여 있기 때문이다. 요컨대 '경제적인 관점에서' 과학과 학문, 예술에 대한 지원과 관리가 행해지는 까닭이다. 2013년 기준 국가 연구개발 (R&D) 예산이 국민총생산의 4.15%로 세계 최상위를 자랑하지만 그 대부분이 이공계에 집중되어 있으며 그 속에서도 산업계와의 관련성이 높은 연구에 우선적으로 지원되는 현실이 이를 증명한다.

'미래의 먹거리'를 만들어 낼 분야에 대한 투자가 중요하지 않은 것은 아니지만, '먹거리' 곧 경제적 이윤 문제에만 목을 매어서는 결코 기초과학에 대한 확실한 투자를 지속할 수 없고 의미 있는 문학예술이 산출될 토양을 갖출 수 없다. 경제적인 이윤으로 좁혀서 생각하더라도 그 효과가 당장 드러나는 것만을 생각해서는 미래를 기약할 수 없다. 따라서 따지고 보면, 순수한(!) 기초과학의 발전도 미래 어느 시점에서는 막대한 이윤을 창출하는 보고가 될 수 있으며, 순수한 문화예술의 산물이 인류 문화의 자산이 되면서 막대한 부를 일구어 낼 수도 있다는 사실을 생각지 않는 단견이 문제라 하겠다.

이러한 사태의 근본적인 원인은 무엇인가. 인간의 삶에서 가치를 갖는 다양한 것들을 경제라는 하나의 관점에서 성급하게 재단하는 경제 중심주의 풍조를 들지 않을 수 없다. 개인의 취향이 존중되어 하고 싶은 일을 마음껏 할 수 있는 문화가 취약한 상태, 모든 사람들에게 돈 잘 벌기만이 요구되고 그에 따라서 인생의 성패가 결정되다시피 하는 상태가 문제인 것이다. 이와는 반대의 상태를 선진 사회라 한다면, 모든 구성원을 '돈 버는 기계'로 몰아가고 돈만이 가치의 척도인 양 여기는 우리 사회의 후진성이 노벨상 부재의 원인이라 할 만하다.

문제를 이렇게 확대해서 보면, 노벨상을 꼭 타야 하는 것은 아니라는 식으로 넘어갈 수는 없다. 노벨상 수상이 절대적인 과제일 수 없다는 것이야 자명하지만, 노벨상을 탈 만한 사회 분위기를 갖추는 것이 중요하다는 데 동의한다면 사회를 발전시키는 노력 차원에서 이상의 수상 가능성을 높이는 방안을 생각해 볼 필요가 있는 까닭이다.

결론을 당겨 말하자면, 경제와 무관한 삶의 목적들 또한 사회 구성원 각각에게 자연스럽게 설정될 수 있는 사회 상태가 되어야 한다. '비경제적인 목적을 가진 사람들도 경제적으로 문제가 없는 삶을 영위할 수 있는 상태'가 마련되어야 하는 것이다. 최소한, 경제적인 이득을 낳는 것은 아니라 해도 사회 공동체에 꼭 필요한 일들을 하면 국가 사회가 나서서 경제적인 보상을 해 줄 수 있는 그러한 사회여야 한다.

농업이나 순수예술을 예로 들어 본다. 국가의 안녕에 농업이 필수적이라는 사실을 부정하지 않는다면 수익성이 떨어지는 농가에 국민의 세금으로 소득을 보전해 줄 수 있어야 한다. 각 분야 예술가들의 활동이 문화의 발전에 자양분이 된다는 사실을 부정하지 않는다면, 푼돈으로 생색을 내는 예술인 복지 정책을 내세우기보다는, 그들이 임대해 살고 있는 공간에서 함부로 쫓겨나지 않을 수 있는 그런 기초적인(!) 시스템부터 갖춰야 한다.

무엇보다도, 이러한 주장을 두고 포퓰리즘이니 좌파니 하는 맹목적인 단견부터 근절할 필요가 있다. 앞에서 든 바 농민에 대한 국가의 지원 사례는 이미 독일이 시행하고 있는 정책이며(「알면 알수록 놀라운 독일 농촌의 '비밀'」, 오마이뉴스, 2015.9.28), 젠트리피케이션(gentrifi-cation)을 예방하며 임차인들의 거주권을 보호하는 정책은 유럽의 여러 선진국은 물론이요 미국의 뉴욕에서도 행해지는 일이다(「월세 밀려도⋯ 佛 겨울철엔 '방 빼' 못 한다」, 동아닷컴, 2015.10.10).

경제적인 이윤보다 '공동체의 안녕이라는 기준'을 앞세우고 자산가의 이윤 추구 권리보다 '사회 구성원의 주거권 일반'을 존중하는 사회, 경제 논리를 누르는 공동체 논리가 작동하는 이러한 사회가 필요하다. 바로 그러한 사회에서야 돈 되는 일이 아니라 해도 자신의 신명을 바쳐 하고 싶은 일을 할 수 있게 될 것이며, 바로 그러할 때에만 노벨상 같은 것이 기려 주는 의미 있는 과학의 성과, 예술의 성취들 또한 기대할 수 있다.

바로 이러한 의미에서, 경제 논리 지상주의를 뒤엎을 수 있는 정신 즉 '인간다운 삶과 공동체의 안녕을 앞세우는 인문 정신'의 구현이야말로, 진정한 의미에서의 선진국으로 나아가고 그에 걸맞은 성취를 기대할 수 있는 첫걸음이라고 나는 믿는다.

미래의 문제

경영학의 그루 중 한 명인 피터 드러커가 지난 세기말에 21세기의 진정 새로운 현상으로 힘주어 강조한 것은 선진 세계에서의 출산율 감소였다. 달리 말하자면 고령화 사회의 도래라 할 것인데, 이를 완전히 새로운 문제라고 파악하면서 드러커는 기업은 물론이요 모든 사회 조직에서 그에 따르는 변화가 무엇일지 고민하고 대처 방안을 찾아야 한다고 주장하였다. 선진 세계에서의 출산율 감소야말로 어떠한 영향을 미칠지를 가늠하기 어려운 새로운 문제라는 파악은, 그것이 인류의 역사상 전례가 없는 사건이라는 데 근거한다(피터 드러커, 『21세기 지식경영』).

피터 드러커의 진단은 우리 모두가 주목할 만한 사실이라 하지 않을 수 없다. 청년 세대가 줄어들고 노인들의 비중이 급격히 높아지는 고령사회가 역사상 유례없는 것인 만큼, 그러한 상태가 우리들의 삶에 어떠한 영향을 미칠지는 사실 아무도 알 수 없는 까닭이다. 미래가 원리적으로 열려 있는 것이라 해도 사람살이의 양상이란 것이 어느 수준에서는 항상성을 가져 왔기에, 지금까지 우리는 역사의 이해에 기대어 미래를 두려워하지 않을 수 있었다. 그런데 한 번도 있어 본 적이 없는 사람살이의 구조가 급속하게 조성된다면 사정이 달라진다.

물론 우리보다 먼저 이러한 상황을 겪고 있는 일본이나 서구의 몇몇 나라들을 살펴 우리의 앞길을 예측해 볼 수 있으리라 여겨 다소 느긋해 할 수도 있다. 그들 나라에서 어떠한 양상이 벌어져 왔으며 그에 대한 대처방안은 무엇이고 그 효과는 어떠했는지 등을 타산지석으로 삼으면 된다는 생각에서 말이다. 하지만 유감스럽게도 사정은 그렇지 못하다. 무엇보다도, 중앙정부든 지자체든 이러한 문제에 대한 의미 있는 처방을 제대로 내놓지 않고 있는 까닭이다. 더 큰 문제는, 사실 우리나라의 상황이 다른 나라들에 비해 한층 심각한 단계에 있다는 사실을 부정할 수 없다는 데서 온다.

우리라나는 이미 21세기가 시작됨과 동시에 고령화 사회로 진입했다. 이 맥락에서 미래 전망이 더욱 어두운 것은, OECD 국가 중 최저에 해당되는 출산율 저하 상태가 지속됨으로 인해, 10년 뒤인 2026년이면 65세 이상 인구가 전체의 20% 이상이 되는 초고령 사회가 된다는 사실이다. 2018년에 고령 사회가 된 뒤 불과 8년 만에 초고령 사회가 될 것이고 2050년이면 노인 인구가 37.3%가 되어 세계 최고 수준이 될 것이라 한다(유엔·일본 국립 사회보장 인구문제 연구소, 『인구통계 자료집』, 2005). 요컨대 고령 사회의 진행 속도가 다른 나라들과 비교할 수 없을 정도로 너무 빨라서, 조만간 다른 나라의 경우를 참조할 수 있는 상태가 아니게 된다는 것이다.

고령 사회의 문제에 대해 여러 가지 진단이 나오고 대처 방안 관련해서도 적지 않은 주문들이 행해지고 있지만, 현실의 사정은 오히려 악화되는 것 같다. 고령 사회화의 근본적인 대책은 넓은 의미에서의 복지일 터인데, 우리나라에서 복지는 지난 대선 기간 동안만 화두로 부각되었을 뿐 그 이후로는 축소 일로에 있는 까닭이다. 이를 보면, 급속한 고령 사회화야말로 우리 사회의 미래에 대한 심각한 문제라는 의식이 위정자는 물론이요 정치권 일반에도 제대로 갖춰지지 않았다고 하지 않을 수 없다. 복지나 경제 민주화가 권력 쟁취용 캐치프레이즈로만 활용되고 금방 버려진 것이야말로, 사회 공동체의 미래를 깊이 걱정하고 제대로 대비하는 지도자가 없다는 사실을 증명한다 하겠다.

민주화 이후의 모든 정부가 맹목적이다 싶을 만큼 빠른 속도로 신자유주의 경제 질서에 편입되는 방향으로만 질주해 온 것이 이러한 상황을 낳은 근본적인 요인이다. 세계 자본의 논리와 강요에 따라 IMF 사태를 수습해야 했던 정황을 인정한다 해도, 20년 가까이 아무런 반성 없이 신자유주의의 방향으로만 달려 온 것은 심각한 문제이다. 우리 주위에서 피부로 느낄 수 있는 그 결과가 이를 증명한다. 노동자의 반 가까이가 비정규직 상태에 놓이면서 부의 불균형이 심화되고, 복지의 혜택을 못 받는 사람들이 도처에서 말없이 죽어가고 있으며, 적지 않은 사람들이 돈을 벌기 위하여 윤리와 법의 경계를 넘어서는 상태로까지 내몰리고 있다. 노인 자살률이 세계 최고라든가 교육이 사회적 계층 상승의 통로 역할을 할 수 없게 되었다거나 대기업 친화적인 정책이 낙수효과를 얻지 못했다는 것 등은 문제로 의식되지 않을 정도가 되었다…….

사회에 지도자다운 지도자가 없으며, 정치인들은 소명을 잊고 권력자는 책임을 잊은 상태 속에서 우리는 살고 있다. 국가가 권력을 위한 장치로 전락하고 시민사회는 동물의 왕국으로 변한 상황에 우리가 놓여 있는 것이다.

상황은 이러해도 우리는 살게 마련이니, 어떻게 살아야 할지를 우리들 스스로 고민해야 한다. 고민하고 생각할 여력이 있는 사람들이 먼저 나서서 뜻을 모으고 마음의 가닥을 잡아야 할 것인데, 이때 반드시 염두에 두어야 하는 사항이 바로 '미래'이다. 직장생활을 그만둔 뒤에도 무려 30년 이상을 살아가야 하는 현실을 의식해야 한다.

한 개인이 그 기간의 평안을 구하고자 하면 각종 연금을 붓는다거나 하는 방안에 생각이 미치는 것으로 충분하겠지만, 사회적 위화감이 계속 증대되는 한 그것으로 우리의 행복을 기대할 수는 없다. 국가 차원의 복지가 더는 헛된 구호처럼 악용되는 것을 주권자로서

막아내는 한편, 공동체의 회복을 위해 필요한 일이 무엇인지 고민하고, 개인의 내적 행복을 위해 갖추어야 하는 것은 또 무엇인지 생각해야 한다. 첫째 사항을 위해서는 '이기적이고 주체적인 시민'이 되는 것으로 충분하지만, 뒤의 두 가지를 위해서는 새로운 것을 찾아야 한다. 우리 현실에서는 새롭되 인류 문명에서는 사실 가장 오래된 것, 우리 시대의 경제논리를 굽어볼 수 있게 해 줄 진정한 인문 정신과 예술 감각이 그것이다.

학교에서 가르쳐야 할 것

　학교에서 가르치는 자가 무엇을 가르쳐야 하는가는, 이제는 별로 제기되지 않는 문제인 듯하다. 사교육이 갈수록 극성을 부리는 현실을 생각하면 요즈음이야말로 절실하게 물어져야 하는 질문임에도 불구하고, 고등교육기관의 교단에 서는 누구도 그러한 질문을 공론화하지는 않는 것 같다. 한 세대 전까지만 해도 교과교육을 수행하는 것만으로도 가르치는 자의 소임을 다했다고 말할 만한 상황이었다. 교과교육을 학교 밖에서 훌륭하게 대행해 주는 사교육이 일반화되지는 않았으므로 수학이나 영어를 잘 가르치기만 해도 선생으로서의 소임을 했다고 생각할 수 있었던 것이다. 대학도 사정이 다르지 않았다.

　냉정하게 따지고 보면, 중고등학교나 대학에서 가르치는 교과 내용은 학교의 선생만이 가르칠 수 있는 것이 전혀 아니다. 각종 학원에서 더 잘 가르치기도 하는 현실이 이를 입증해 준다. 요즈음은 심지어 대학 교육의 내용조차 그러하다. 학교 선생의 역할을 다시 생각해 보는 것이 그러한 현상에 비추어서라면 구차스럽기도 하지만, 계기가 무엇이든 필요한 질문은 제기되어야 한다. 교과에 있는 지식을 가르치는 것 외에 학교의 선생이 가르쳐야 하는 것은 무엇인가. 질문을 바꾸어 보면 생각을 진전시키기가 한결 쉬워진다. 학원에서 더 잘 가르치기도 하는 교과서 교육 외에, 학생이 학교를 통해 배워야 하는 것은 무엇인가.

내가 생각하는 답은 지혜이다. 학교교육이 학생들에게 키워 주어야 하는 핵심은 지식이 아니라 지혜가 되어야 한다.

지혜를 가르쳐야 한다는 말과 관련하여 생길 수 있는 오해를 예방해 두자. 지혜 교육은 시대착오적인 '인성교육진흥법'으로 논란이 되기도 했던 인성 교육과는 무관한 것이다. 지혜를 키우다 보면 인성이 좋아질 수도 있겠지만, 인성이 좋다고 지혜로우리라는 보장은 전혀 없다. 둘은 다른 덕목이다. 지혜를 교육하기 위해 선생에게 일차적으로 요청되는 것이 윤리적 소양 등속은 아니라는 점 또한 명확히 해 둔다. 지혜로운 스승의 이상적인 모습이 동서양 고대의 성현인 것은 사실이지만, 성현만이 지혜를 갖는 것도 아니요 윤리적 고결함과 같은 성현의 다른 자질이 지혜의 구사와 불가분리적인 것도 아니기 때문이다.

지혜 교육을 생각할 때의 지혜란 '사물의 이치를 빨리 깨닫고 사물을 정확하게 처리하는 정신적 능력'이라는 말뜻 그대로의 지혜일 뿐이다. 따라서 교과서의 내용 자체가 중요한 것이 아니라 그러한 지식, 정보가 가리키는 실제의 문제를 제대로 파악하고 처리할 수 있는 능력을 함양하는 것이 관건이 된다. 더 넓게 말하면, 책의 내용을 숙지하는 것이 아니라 그러한 내용이 원래 의미하는 바를 깨닫게 하는 것, 지식의 양을 증대시키는 것 자체가 아니라 지식이 요청되었던 실제의 문제를 처리하는 능력을 갖추게 하는 것이 지혜 교육의 목표가 된다.

지혜를 교육하는 데 있어 중요하면서도 다루기 곤란한 것이 책이다. 사태를 단순화하여 근본적으로 말하자면 지혜를 가르치는 데 책이 꼭 필요한 것은 아니라 할 수 있다. 공자나 맹자, 예수는 물론이요 소크라테스도 책을 가지고 제자를 가르치지 않았으며 어떠한 책도 쓰지 않았다. 주지하듯이, 그들의 언행을 제자들이 기록하여 책으로 남겼을 뿐이다. 소크라테스 같은 경우는 책을 이루는 글 자체를 부정적으로 보기까지 했다. 글이란 이미 앎을 가진 사람이 알고 있는 것을 상기시키는 기능을 할 뿐이어서, 글로부터 명석함과 확실함이 생겨나리라고 믿는 것은 순진한 생각이라는 것이다(플라톤, 『파이드로스』). 다소 속되게 이해하자면, 서로 상충하는 책들의 내용을 액면 그대로 받아들여서는 어떠한 판단도 행동도 할 수 없다는 점을 생각하기만 해도 부정할 수 없는 말이다.

물론 오늘날의 지혜 교육이 저 옛날의 도제식 교육 방식으로 이루어질 수는 없다는 사정을 고려하면, 책이 없이 교육을 진행하는 것은 상상할 수 없다. 우리 시대의 선생들 대부분이 저 성현의 지혜에 턱없이 미치지 못한다는 사실은 차치하고서라도 말이다. 따라서 지혜 교육을 제대로 하기 위해서는 책을 다루는 법을 교육자 스스로 연구해야 하고 그것을 학생들에게 모범으로 보여야 한다. 책을 올바로 제대로 다루는 법을 학생들이 보고 배울 수 있게 하는 방법을 선생들이 갖춰야 한다는 말이다. 사실은 이것이야말로 현재 우리가 할 수 있고 해야 하는 지혜 교육의 핵심이다.

간명히 말해 보자면, 독서의 올바른 방법을 시연하는 것이야말로 학생들의 지혜를 키우는 유일하고도 정당한 교육 방법이라 하겠다. 쓰여 있는 것을 그대로 수동적으로 받아들이는 대신에 그러한 내용이 산출된 맥락을 이론과 실제의 층위에서 알게 하는 것, 그럼으로써 책의 논리를 만드는 정신이 우리에게 갖는 의미를 생각해 보게 하는 것, 요컨대 학생들이 저자와의 비판적인 대화를 시도할 수 있게 이끌면서 그러한 대화가 갖는 의미를 생각하게 하는 것이 지혜를 기를 수 있도록 지도하는 길이다.

학생들 스스로 사고하는 능력을 기르는 데 일차적인 목표를 두는 이러한 지혜 교육에서 성과를 보자면 어떠한 책을 읽힐 것인가. 목표를 잊지 않는다면 답은 명확하다. 어떠한 문제에 관한 논의의 지형에 의미 있는 변형을 가하는 '상이한 입장의 책들'을 함께 읽게 해야 한다. 하나의 판단을 제시해 주는 대신에 복수의 판단에 맞서게 함으로써 학생을 고민하게 만들어야 한다. 다른 측면에서는, 자신이 진리라고 주장하는 책이 아니라 진리에 대한 탐구를 보여 주는 책을 대하면서 진리를 찾아 나서는 모험을 경험하게 해 주어야 한다.

대부분의 경우 독서 교육이 요식 행위가 되어 버린 중등교육에서는 교과 교육 자체가 독서 교육이 될 수 있도록 해야 하고, 대학교육에서는 현재보다 더 많은 책들, 더 다양한 책들을 읽게 해야 한다. 교과서나 교재든 참고도서든 학생들이 다양한 많은 책들에 노출되어 각각이 담고 있는 주장과 논리를 상대해 볼 수 있을 때, 바로 그러할 때만이 실제의 문제에 대처할 수 있는 지혜의 신장을 기대해 볼 수 있다. 주입식 교육을 탈피하는 것이 필요하다고 믿는다면, '주입할 수 없을 만큼의 책들'을 읽게 하는 방법으로라도 이러한 지혜 교육의 유효성을 진지하게 고려해 보았으면 싶다.

2부

살맛 나는
공동체를 위하여

부끄러움과 미움의 문화가 갖는 힘
자동판매기와 '갑질'
기다림이 없는 세상
깍두기와 왕따
운도 돈도 아닌 실력의 세계
외국인을 대하는 우리의 이중성
단골과 유행, 그리고 르시클라주
무감각은 범죄다
동물의 왕국 경계하기
유럽 여행 단상

부끄러움과 미움의
문화가 갖는 힘

1

우리는 모두 학생이자 선생이다. 세상에 태어나 자라고 늙어가는 과정에서, 이런저런 것들을 배울 때 우리 모두는 학생이다. 자신이 익힌 것을 남에게 알려 줄 때는 물론이고 알게 모르게 누군가에게 역할 모델(role model)로 비칠 때 우리는 선생의 자리에 서게 된다.

우리의 삶이란 것이 끊임없이 배우고 가르치는 과정의 연속임은 의심의 여지가 없다. 사회 일선에서 은퇴하여 자신의 인생을 갈무리하는 시점에서도, 인생의 의미를 스스로 배우는 학생이자 주변 사람들의 시선에 자신의 생이 포착되는 선생이라고 할 수 있다. 사회생활을 시작하는 사회 초년생이 학생인 것은 두말할 나위도 없지만 이들 또한 자기 후배에게는 일종의 역할 모델로 설정되어 선생의 자리에 서게 된다고 할 수 있다.

우리가 학생이자 선생이라는 점이 가장 잘 확인되는 것은 가정에서다. 자녀로서 우리는 학생이며 부모로서 우리는 선생이다. 친족 관계나 생활 공동체로 넘어가면 우리의 학생, 선생 관계는 훨씬 두터워진다. 직접적으로든 간접적으로든 의식적으로든 무의식적으로든, 우리는 부단히 배우고 가르치게 된다.

2

후생(後生)이 가외(可畏)라는 말이 있다. 젊은 후학들이 공부하기에 따라 큰 인물이 될 수 있어 가히 두렵다는 뜻으로 『논어』에 쓰인 말이지만, 젊은이의 가능성을 고려해서 소중히 다뤄야 한다는 뜻으로 풀어도 좋겠다. 미래가 어떨지 모르니 현재에 막 다루지 말라는 의미로도 읽을 수 있는데, 그렇게 보자면 사실 좀 야박하다. 이보다는, 후생에게 대하여 우리가 선생의 자리에 서게 되니 자신의 언행에 주의해야 한다는 의미로 읽는 것이 좋지 않나 싶다. 괜찮은 선생이 되기 위하여 자신을 추슬러야 한다는 뜻으로 말이다.

우리가 원하든 원치 않든 간에 우리는 항상 우리보다 젊은 사람들[후생(後生)]에게 본이 된다. 모범적인 인물이 될 수도 있지만, 경우에 따라서는 본받지 말아야 할 인물로 규정될지도 모른다. 해서 두려운 것이다[가외(可畏)]. 두렵다고 했지만, 실상 이는, 나를 반면교사로 삼게 될 누군가의 시선을 의식하여 자신의 결함을 부끄러워하고 바로잡게 된다는 긍정적인 의미를 짙게 띠고 있다. 선생이면서 스스로 학생이 되는 상황의 가치가 여기서 발견된다.

'후생 가외'가 가장 극명하게 드러나는 곳이 바로 가정이요 직장이다. 부모에 대한 어린 자식의 맹목적인 추종이야말로 자녀를 학생으로 둔 '선생 부모'의 자리를 막중한 것으로 만들어 준다. 자식의 행실이 내 인격의 척도가 되는 것은 예나 지금이나 다르지 않다. 직장생활에 있어서도 상사의 고과평가보다 후배들의 인금 메기기가 보다 의미 있는 것이라 할 수 있다. 후배들의 협력을 끌어내는 리더십을 발휘하지 못하면서 성공하는 직장인이란 꿈도 꿀 수 없는 까닭이다.

3

선생의 자리에 서게 되어 누군가에게 무언가를 알려 주게 될 때 우리가 가장 경계해야 할 점은 무엇인가. 얼핏 생각하면 역설 같겠지만 '가르치려 들지 말아야 한다'는 것이라 할 수 있다.

교육의 참뜻이 계몽에 있음을 고려하면 '선생의 교설적인 태도'가 모순이라는 점이 명확해진다. 칸트가 말했듯이 계몽이란 '사람들

저마다가 갖고 있는바 무언가를 배울 수 있는 능력'을 스스로 활용할 수 있도록 깨우쳐 주는 일이다(『칸트의 역사철학』). 이러한 계몽의 의미를 따라서, 결과로서의 지식을 주입시키는 것이 아니라 스스로 문제를 풀고 지식을 습득할 수 있도록 능력을 일깨워 주는 것이 참된 교육이라 할 때, 말로만 설명하는 교설적인 태도야말로 선생 역할을 저버리는 것이라 하지 않을 수 없다.

요즘은 그 말 자체도 잘 쓰지 않지만, '가정교육'에서도 동일한 원리가 작동한다. 선생의 역할을 하는 부모가 명심해야 할 첫째는 말로 가르치려고만 해서는 안 된다는 사실이다. 아이들더러는 공부하라고 하면서 부모는 텔레비전만 볼 때 그 결과가 어떨지를 생각해 보면, 자신의 행동과는 다른 내용을 말로 강제하는 것만큼 실효 없는 교설도 없다는 사실이 자명해진다. 직장에서라고 사정이 다르지 않음은 물론이다.

4

세상살이가 갈수록 힘들어지는 상황을 더욱 어렵게 만드는 요인 하나는, 인간관계가 척박해지는 데서 찾을 수 있다. 사회적 조건이나 정치경제적 상황 등이 근원적인 원인이라는 사실을 강조한다 해서, 인간관계의 문제를 경시할 수는 없다. 사회적인 문제에 당당히 맞서

보다 나은 환경을 만들기 위해서도 인간관계 같은 일견 소소한(!) 측면에서의 삶의 질을 높여 우리의 기운을 북돋는 일이 필요하다.

따라서, 보다 인간적인 관계를 만드는 데 있어 긴요한 방안 하나가 우리 모두가 선생이자 동시에 학생이라는 사실을 명심하는 것이라는 주장이 안이한 것일 수는 없다. 인간관계는 물론이요 사회의 여러 문제들이, 옳지 못함을 부끄러워하지 않고 착하지 못함을 미워하지 못하는 데서 한층 힘들어지고 심해진다는 사실을 고려하면 더욱 그러하다.

가정에서든 직장에서든 우리 모두가 선생이자 학생이라는 이중성을 자각하고 서로에게 환기시켜 줄 때, 정의와 공동선에 비추어 자신을 돌아보고 서로를 경계하는 일이 활성화될 것이다. 부끄러움과 미움이 올바로 제기되는 이러한 문화 풍토 속에서야, 세상살이의 어려움과 사회의 문제들을 해결하는 데 있어서 보다 근본적인 해결책에 눈을 돌릴 수 있게 되리라고 나는 믿는다.

자동판매기와 '갑질'

　내가 근무하는 대학은 교내에 숙소가 있어서 현관문을 나서 연구실에 들어오는 데까지 걸어서 15분밖에 걸리지 않는다. 이렇다 보니 연구실이 집 안의 서재 방인 양, 출장이 없을 때면 언제든지 나는 연구실에서 시간을 보낸다. 가끔은 아이도 함께 데리고 와서, 저는 공부를 하게 하고 나는 내 일을 한다. 딸애와 함께 연구실로 나올 때는 절차(?)와 의전(!)이 다소 복잡하다. 딸 바보답게 무거운 가방을 대신 매는 것은 물론이요, 중간에 마트에 들러서 음료수와 과자 등속을 사준다. 가끔 들르는 터라 이제는 우리 부녀를 알아보시는 마트의 직원 분들과 한두 마디 인사를 건네는 것도 일정에 포함된다.

　간혹은 곧장 연구실로 오게도 되는데, 이럴 때 절차가 좀 더 복잡해진다. 아래층에 있는 자동판매기에서 음료를 구하는데, 연구실에 들러 동전을 챙긴 뒤 함께 내려가 딸애의 음료수를 뽑아 돌아온 후, 나는 다시 컵을 챙겨 사무실에 가서 커피를 담아 오는 것이다. 전혀 효율적이지 못하게 두 번 걸음을 하는 것인데, 이에는 두 가지 이유가 있다. 소소하게는, 딸애와 함께 자동판매기를 찾아가서 딸애가 음료를 고르는 것을 봐 주고 하는 그 짧은 시간을 이용해 이야기를 나누는 즐거움이 크기 때문이다. 보다 근본적으로는 자동판매기 시스템이 갖는 비인간성에 매몰되지 않게 하기 위해서이기도 하다.

자동판매기는 비인간적이다. 우리의 선택을 기다리는 물품들이 보기 좋게 진열되어 있고 돈을 넣고 단추를 누르면 그것이 툭 하고 우리 앞에 주어지는 편리함이 매우 크며, 대부분의 경우 시간을 많이 절약할 수 있는 이점 또한 대단해서 별다른 생각을 하기 어렵지만, 자동판매기의 이런 멋진 기능이 가리고 있는 것에 주의를 돌리면 사정이 뚜렷해진다.

자동판매기가 가리는 것은 무엇인가. 바로 판매·구매 행위의 인간관계이다. 어디서든 흔히 볼 수 있는 커피나 음료수 자동판매기든, 화장실 같은 곳의 휴지 자동판매기든, 지하철역의 승차권 자동판매기든 간에, 자동판매기로 무언가를 구입할 때 우리는 혼자다. 네모진 기계 앞에 혼자 서서 돈을 넣고 단추를 누르는 단순한 행위만으로 원하는 물품을 얻고 혼자 돌아설 뿐이다. 말 한마디 건넬 필요가 없다. 이렇게 나와 기계 사이의 단순한 관계로 물품을 구입하게 되면서, 그 물품을 생산한 사람들은 물론이요, 거기에 물품을 쟁여 넣은 사람의 존재가 잊힌다. 기계로 대체된 판매원은 존재 자체가 애초부터 지워져 있다.

이렇게 사람들이 가려지면서, 자동판매기를 사용할 때 우리는, 한 잔의 커피든 휴지 한 팩이든 그 모든 것을 쉽게 구할 수 있게 해 주는 것이 사람들의 노동이며 사람들 사이의 관계라는 사실을 의식하지 않게 된다. 눈앞에 사람이 없는 상태로 무언가를 구하게 되면서, 기계 시스템에 의해 가려진 것을 보지 못하게 되는 것이다. 모든 판매기(vending machine)들을 포함하여 자동화된 기계 시스템 일제가, 우리가 무언가를 구하고 누리는 사회생활이 사람들 사이의 일이라는 사실을 잊게 만든다. 사람들 사이의 일을 사물들 사이의 일로 착각하게 함으로써 우리 또한 사물로 만들어 버리는 것이다(마르크스, 『경제학-철학 수고』).

사물화(reification)라 부르는 이러한 과정은 우리 시대에 한층 널리 퍼졌다. 작게는 각종 자동판매기들이 그러하고, 크게는 포드시스템 이래 발전을 거듭해 온 자동화 공정이 갖춰진 분업적인 생산 시스템이 그러하며, 사회 전반적으로 보자면 사용자 인터페이스가 개인 단위로 되어 있는 인터넷이나 사회관계망 서비스(SNS) 또한 그러하다.

찰리 채플린의 명화 〈모던 타임즈〉가 보여 주었듯 분업화된 자동화 생산 공정이 인간의 노동을 소외시키고 노동자를 사물처럼 다루는 것은 널리 알려져 있다. 그런데 사태는 이에 그치지 않는다. 사물화 과정에서 소외되는 것이 생산자만은 아니라는 데서 문제는 보다 심각하고 현재적이다. 각종 판매 기계로 물품을 구입할 때 소비자인 우리 또한 판매·구매의 인간관계를 망각함으로써 스스로 소외된다 (게오르그 짐멜,『돈의 철학』). 컴퓨터 모니터나 스마트폰의 화면이라는 기계 장치의 일부만을 직접 대하면서, 바로 앞에 대화의 상대방이 있을 경우라면 할 수 없고 하지 않을 말도 거리낌 없이 해댈 때, 우리는 인터넷에 의해서도 소외되며 스스로 인격을 잃는다. 사물이 되는 것이다.

이러한 소외 양상, 사물화 현상이 깊어지면, 실제로 사람을 대할 때에도 그 사람을 사람으로 대하지 않는 지경에 이르게까지 된다. 직장 내에서 수직적 업무 관계에 놓인 부하(!) 직원을 대할 때 인격을 무시하는 것이나, 각종 물건이나 서비스를 구입하면서 판매원을 인격적으로 대하지 않고 상품 매매 관계의 수행자(agent)로만 여겨 함부로 대하는 것, 이른바 '갑질'이 대표적인 예다. 우리 사회에 만연한 '갑질'이란, 자신이 행하는 활동이 상호주체적인 사람들 사이의 인간관계라는 점을 잊어버리고 행동함으로써, 상대의 인격은 물론이요 자신의 인간성까지 훼손하는 사물화된 의식의 산물이다.

사정이 이러해서 나는, 사춘기를 지내며 세상을 알아가는 내 딸애가 사물화된 의식에 가능한 한 빠지지 않게 하려는 마음에서, 음료수 자동판매기를 사용할 때 그 옆을 지켜 준다. 자동판매기가 제 기능을 하는 데 수고를 아끼지 않은 분들의 존재를 잔소리 비슷하게 일깨워 주면서 말이다. 마트에서 함께 물건을 살 때 판매원 분들과 계산 관계와는 무관한 인사말을 나누는 것이나, 식당에서 음식을 먹을 때 직원이나 주인에게 감사의 말을 전하는 것도 모두 이러한 교육적 목적을 염두에 둔 것이다. 이렇게 딸애 앞에서 사물화를 끊임없이 경계하는 나는, 딸 바보가 아니라, 우리 시대에 절실히 필요한 가정교육을 수행하는 아비일 뿐이다.

기다림이 없는 세상

대중들에게 널리 사랑 받는 작가 김탁환이 최근의 한 강연에서 소설가란 핼리 혜성과도 같다고 했다. 이 구절만 보면 '혜성처럼 빛난다'는 말을 떠올리고 소설가란 반짝이는 존재라는 뜻으로 말했다고 생각할 수도 있겠지만, 사정은 그렇지 않다.

핼리 혜성을 끌어오면서 그가 주목한 것은, 지구의 밤하늘을 밝히는 그 찬란한 빛이 아니라 그러기 위해서는 75년이나 되는 긴 시간 동안 캄캄한 우주를 홀로 공전해야 한다는 사실이었다. 소설가 또한 그렇게, 원고지나 컴퓨터 파일을 채워 나가면서 혼자서 오랜 시간을 보낸 뒤에야 완성된 작품을 들고 대중 앞에 서게 되는 존재라는 것, 외로운 작업을 오래 오래 한 뒤에야 잠시 반짝이는 존재라는 것이 그의 주장이다.

세상에는 그러한 사례들이 적지 않다. 괴테의『파우스트』는 구상에서 완성까지 60년 가까운 시간이 들었고, 홍명희의『임꺽정』또한 10여 년간의 연재를 통해 일단락되었으며, 박경리의『토지』는 25년 세월에 걸쳐 완성되었다. 한 개인에 의해 창조되는 문학작품만 그러한 것은 아니다. 세계적인 건축가 안토니오 가우디가 1883년 건축 감독을 맡은 스페인의 사그라다 파밀리아 성당은 그의 사후 100주년이 되는 2026년 완공을 목표로 아직까지도 공사 중이다.

예술작품만 그러한 것도 아니다. 영화 〈콘택트〉를 통해 널리 알려진 '외계 지적생명체 탐사(SETI)' 프로젝트도 1960년 이래 지속되고 있다. 블랙홀이 생겨 위험한 것은 아닌가 하는 논란으로 전 세계 인구에 회자되었던 유럽입자물리학연구소(CERN)의 강입자충돌기(LHC)는 건설 과정만 14년이 걸렸다. 인문학자의 연구도 비슷하여, 최근에 출간한 연구서 한 권을 쓰는 데 나는 만 8년의 시간을 투자했다.

세상의 일 대부분이 비슷하다. 구상이나 기획에서 시작하여 구체적인 실행의 시간이 길게 지속된 뒤에야 그 성과를 볼 수 있게 마련이다. 실행 과정에서 수많은 시행착오가 있는 것은 다반사며 그런 만큼 추가적인 시간이 소요되게 된다. 이렇게 인류 문화의 증진에 기여해 온 많은 성과들이 오랜 시간을 요하는 법인데, 유감스럽게도, 이 자명한 사실이 쉽게 그리고 널리 무시되는 사회에 우리가 살고 있다.

어떠한 일에든 그에 소요되는 만큼의 시간을 투자해야 한다. 원래 의도했던 바를 얻어내는 것이 목적인 이상 그에 소요되는 시간을 아끼려 해서는 안 된다. 시간을 아껴서 원래 의도했던 바에는 미치지 못하는 것을 얻고서도 만족하기로 생각한다면, 이는 자신이 원하던 것이 무엇이었는지를 그새 잊어버린 바보에 다름 아니라 할 것이다.

시간 아끼는 것을 능사로 삼는 이러한 바보가 여전히 우리 사회에서 위세를 떨치는 것 같아 유감이다. 시끄러운 정치 사건들에 의해 묻히다시피 한 최근의 뉴스 하나가 이러한 생각을 갖게 했다. 수서발 고속철도 공사가 진행되고 있는데, 현장에서 안전을 위한 지반 보강 공사를 이유로 개통 일자를 연기해 달라고 요청한 데 대해 국토교통부가 반대했다고 한다. 두 차례의 요청 모두 국토교통부에 의해 반려되었다 하는데, 반려의 이유란 것이 '국민과의 약속'과 관련 회사의 '적자'라 한다(『경향신문』, 2015.4.21).

이 사건은 국토교통부야말로 시간을 맞춘다는 미명 아래 원래의 목적을 어기는 전형적인 바보라는 사실을 알려 준다. 국민이 원하는 것은 고속철도다운 고속철도를 만드는 것, 안전 문제가 없는 제대로 된 고속철도를 개통하는 것이지 애초에 발표한 개통일자를 맞추는 일일 수 없다. 이렇게 원래의 목적을 잊은 것에 더하여, 안전 불감증이 세월호 침몰의 주요 원인이라는 사실조차 떠올리지 않은 것이니, 현장의 요청을 거부한 국토교통부의 결정에 정치적인 의도가 있다고 기자가 의심하는 것도 자연스러운 일이라 하겠다.

국토교통부의 이번 처사는 우리 한국 사회의 부끄러운 실상을 두루 확인시켜 준다. 한국 사회의 병폐로 '빨리빨리 현상'을 드는 것이

지나간 세월의 일이 아니라는 것을 증명한 외에, 국민의 안전과 생명보다 기업의 경제적인 이익을 앞세우는 '천박한 황금만능주의'가 행정 관료와 정치인들의 뼛속 깊이 스며 있다는 사실을 환기시켜 주었다. 있을 수 있는 정치적 의도의 주체가 할 법한 말을 국토교통부가 대변했다는 점에서는 이른바 '유체이탈화법'이 얼마나 만연하게 되었는지를 보여주기도 하였다.

정부의 특정 부처를 비판하는 것이 이 글의 목적은 아니다. 기다림이 필요한 일을 재촉하기만 해서는 안 된다는 자명한 사실, 어떤 일이든 빠르게 하는 것이 아니라 잘하는 것이 중요하다는 기본적인 사실, 무릇 어떠한 일의 완성이란 원래의 의도가 오롯이 실현되었을 때 이루어지는 법이라는 원리를 잊지 말자는 것이다. 시간의 문제로 다시 말하자면, 밥을 지으려면 뜸 들이는 시간을 아낄 수 없고 우물에서는 숭늉을 찾지 말아야 하듯, 무슨 일이든 제대로 하려면 그에 걸맞은 시간을 투자해야 한다는 것이다.

기다려야 할 일을 기다리지 않는 풍토에는 여러 원인이 있을 것이다. 문화사적으로 보자면 폴 발레리가 말했듯이 영원이라는 관념의 소멸과 더불어 오래 걸리는 일 일체에 대한 불쾌감이 증대된 사실을 들 수 있을 것이다(발터 벤야민, 「스토리 텔러」). 좀 더 현재적으로는 시간이 됐든 돈이 됐든 투입량을 줄여 효율성을 높이려는 경제적인 사고방식을 요인으로 지목할 수 있다. 여기에 더하여, 결과로서의 성과만을 중시하는 '성과사회'적인 특징(한병철, 『피로사회』)을 빼놓을 수 없고, 탐내는 바를 즉시 가질 수 있게 함으로써 우리들의 삶에서 기다림을 전제하는 모든 것을 제거해 버린 신용 거래의 일반화(파스칼 브뤼크네르,『순진함의 유혹』) 현상도 추가할 수 있겠다.

보다 궁극적으로는, 바로 이러한 인문사회과학적 진단들에 대한 우리의 무지와 이 글 앞부분에서 밝힌 사례들에 대한 우리의 망각이야말로, 시간 투자의 필요성과 중요성을 경시하는 현상, 기다림이 없는 세상을 지속시키는 근본 원인이라 할 것이다.

깍두기와 왕따

2015년 이상문학상을 수상한 소설가 김숨의 작품 중에「법 앞에
서」라는 것이 있다. 학교폭력의 가해자인 아이를 둔 아버지가 피고석
에 서게 될 아들을 보러 법정을 찾아가면서, 가난하고 무지했던 자신
의 부친과도 달리 스스로는 자식에게 선악을 가르치지 못했음을 반
성하는 내용이다. 다섯 명의 아이들이 한 아이를 못살게 군 사건의
다섯 번째 가해자를 아이로 둔 소설 속의 아버지와, 우리들 각자는
과연 얼마만 한 거리를 두고 있을까. 왕따라 불리는 집단 따돌림이나
학교폭력의 문제를 우리와는 관계없는 '소설 같은' 이야기라고 던져
두어도 좋을까. 그럴 수 없다는 생각에서 이 글이 시작된다.

자식 키우는 일이 녹록치 않은 시대에 우리는 살고 있다. 유아원,
유치원 무렵부터 국어를 떼게 하는 것은 물론이요 영어와 수학 등속

까지 공부시켜야 한다. 초등학교 이후로는 교과공부를 위해 학원에 보내는 외에, 각종 예체능 실기 교육을 시키고, 이런저런 캠프 등에도 보내 주어야 한다. 이 모두에 적지 않은 돈이 들어, 2014년 기준 가구당 사교육비 지출 금액이 월 평균 53만여 원에 이르러 70~80%의 부모가 사교육비 지출을 부담스러워하고 있다.

자식 키우는 일이 정말 쉽지 않다는 것은, 허리띠를 졸라 매며 사교육비를 지출하는 것만으로 부모의 책임을 다했다고는 절대 말할 수 없다는 상황에 있다. 유치원이나 초등학교에 자녀를 처음 보내는 부모들이 가장 신경 쓰는 것은, 선생님이 괜찮은 분일지, 아이가 잘 적응할 수 있을지와 같은 비경제적인 문제들이다. 심심찮게 보도되는 교사들의 폭행이나, 학교에 만여되 왕따 현상이나 학교폭력 문제 등을 생각하면, 교육의 장이 교육의 장답지 못한 이러한 문제들이야말로 자식 키우는 일을 더 어렵게 하는 보다 근원적인 문제라 하겠다.

이러한 문제를 풀어 자식 키우는 일의 어려움을 줄이기 위해서는, 교육의 근본을 따져보는 일이 필요하다. 교육이란 무엇인가. 크게 두 가지 이야기를 해 볼 수 있다. 인간의 본성에 대한 신뢰를 바탕으로 인간을 인간답게 만드는 일이라고 보는 생각이 하나요, 인간의 동물성을 순치하여 사회 공동체의 안녕에 기여하는 자율적인 구성원을 키우는 사업으로 간주하는 견해가 다른 하나다.

요즘은 들어보기도 어려운 '전인교육'이 좋은 예가 되는 첫째 견해는 루소에 의해 대표된다. 그에 따를 때 교육이란, 자연적으로 이루어지는 우리의 능력과 기관의 내적 성장[자연의 교육]에 맞추어, 그러한 능력과 기관의 이용법[인간의 교육] 및 경험에 따르는 사물의 이해[사물의 교육]를 통일시킴으로써 자연인을 만드는 일이다. 이렇게 교육될 때 인생의 좋은 일 나쁜 일에 잘 견딜 수 있는 인간이 된다고 하였다(루소,『에밀』).

인간의 자연적 본성에 대한 루소의 낙관적인 신뢰와 거리를 두고 사회를 고려하면서 교육을 정의한 경우가 칸트이다. 그는 훈육을 통해서 동물성을 인간성으로 변화시켜 난폭함을 없애는 것을 교육의 시작으로 꼽는다. 이 위에서 양육과 육성을 통해 조야함을 벗어나게 하면서, 이념을 가르침으로써 사회적 인간 즉 시민으로 만드는 것이 올바른 교육이라는 것이다(칸트,『교육학 강의』).

서로 대립적인 두 사람의 견해에서 지금의 우리가 절실하게 주목해야 하는 것은 공통점이다. 교육이란 '인간'이나 '시민'을 키우는 거대한 사업이지, 수학이나 영어 같은 학과의 점수를 높이거나 기업이 요구하는 직무능력을 배양하는 하찮은 것이어서는 안 된다는 생각이 그것이다. 전자는 학원에서도 가르칠 수 있고 후자는 기업들이 필요에 따라 그리고 상황의 변화에 맞추어 스스로 행하는 것이므로, 그것만이 학교교육의 전부가 되었을 때는, 하나의 사회, 한 국가의 교육으로서는 하찮다고 하지 않을 수 없다.

교육이란 무엇인가. 바람직한 공동체적 인간을 길러내는 국가 사회의 일이요 국가 사회의 의무이다. 따라서 공교육이 함양하는 것이

기업에서 요구하는 자질들에 국한된다면, 이는 국가 사회가 기업의 시녀 역할을 하는 것에 다름 아니라 할 것인데, 매우 불행하게도, 우리나라 교육의 실정이 이러한 상태에 빠져 있다. 이러한 상황의 근본적인 원인은 국가 사회 차원의 '교육 철학'이 부재하다는 사실이다. 보다 직접적인 원인을 찾자면, 최고 교육기관인 대학들이 기업의 눈치만 보면서 참된 교육을 방기하고 그러한 대학이 요구하는 문제풀이 능력을 높이는 것이 목적인 듯이 중등교육의 기능이 축소, 변질된 것을 들지 않을 수 없다.

인간도 시민도 길러내지 않는 교육, 공동체적 인간의 육성을 외면하는 교육 아닌 교육이야말로, 훈육되어야 할 우리 안의 야만이 그대로 발현되는 왕따 현상이나 학교폭력을 조장하는 온상이다. 우리의 아이들이 바로 학교라는 곳에서 인간에 대한 폭력을 배운다는 사실을 외면하지 않는다면, 자식 키우는 일을 어렵게 만드는 주범이 교육이라고 하지 않을 수 없게 된다.

사태는 매우 심각하지만, 위의 진단 속에 개선의 방향이 주어져 있다는 데 위안을 가져 본다. 공동체 구성원의 하나로 자신을 자각하고, 공동체의 안녕을 위해 모두에게 요청되는바 공동체에 대한 봉사와 동료들에 대한 돌봄과 배려의 정신 및 태도를 기를 수 있게 하는 교육 철학이 구현되어야 한다.

보다 직접적으로는, 어떤 측면에서 능력이 처지는 친구가 있을 때, 그를 왕따로 만드는 것이 아니라 편 가르기의 예외로 인정하여 놀이에 '깍두기'로 끼워 줄 수 있는 정신을 아이들이 갖추게 해야 한다. 특정 분야에서의 능력 부족자라 해도 더 넓은 의미의 공동체 차원에서는 동등한 구성원이라는 의식에서 발휘되는 그러한 '깍두기 문화'를 활성화해야 하는 것이다. '깍두기'가 '왕따'를 몰아낼 때, 바로 그때에만 우리 교육에 희망이 있고 우리 사회에 미래가 있다.

운도 돈도 아닌
실력의 세계

　며칠 전, 매일 아침의 일과로 인터넷 뉴스들을 보다가 작은 감동을 느꼈다. 조훈현과 조치훈이 12년 만에 마주한다는 소식이었다. 무려 35년 전에 처음 맞서 조치훈이 2연승을 거둔 뒤, 그 뒤의 여덟 차례 만남을 조훈현이 내리 이기고, 끝으로 조치훈이 다시 한 판을 이겨, 통산 전적이 8:3이란다. 세상의 모든 것을 뚫는다는 창과 무엇이든 막을 수 있다는 방패를 함께 파는 상인의 경우에서 모순(矛盾)이라는 말이 유래되었거니와, 이 둘의 대결은 언제나 그러한 창과 방패처럼 결과를 점치기 어려운 경우다. 그러한 궁금증, 호랑이와 사자가 싸우면 누가 이길까 하던 어린 시절의 호기심 같은 것이 새삼스레 느껴져, 가슴이 설레었다.

　물론 이러한 설렘과 궁금증이 감동을 준 것은 아니다. 2015년 기준, 조훈현이 62세요 조치훈이 59세라니 예전 같으면 손주 머리나 쓰다듬을 나이임에도, 둘 모두 여전히 녹슬지 않은 실력을 뽐내고 있다는 사실이 내 가슴을 울려 주었다. 조훈현은 2014년 11월 이후 시니어클래식에서 무려 18연승을 질주하고 있다 하며, 조치훈 또한 일본 최고 대회 중 하나에서 본선 멤버로 활약하고 있단다. '60 청춘' 하는 말이 회자되기는 하지만, 이 두 조 씨야말로 그 산 증인처럼 활약하고 있었던 것이다.

이들의 전설적인 활동이 무려 몇 년인지를 따져 보면 울림이 한층 커진다. 조훈현이 프로 세계에 발을 들여놓은 것은 불과 9세로 세계 최연소 기록에 해당하며, 조치훈 또한 만 11세에 프로가 되어 일본 최연소 기록을 갖고 있지 않은가. 각각 무려 54년과 49년 동안 한길을 걸어오며 한일 양국의 최고수로 노익장(?)을 과시하고 있는 것이다!

이들이 맞서는 것이 무엇인지를 생각하면 감동이 더해진다. 예전에는 흔히 '신선놀음'이라 했고 근래 들어서는 '두뇌 스포츠'라 하는 것, 바로 바둑이다. 일찍이 조치훈이 '한 수 한 수 목숨을 걸고 둔다' 했듯이, 바둑이란 반상을 마주하여 긴 시간 내내 피를 말리는 게임이다. 그러한 바둑의 길을 반백 년 외곬으로 나아오면서 한일 양국의 최고 정상의 자리를 지켜 왔으니, 60세를 전후한 그들의 인생, 현재에까지 강렬하게 이어지는 그 정념과 혼신의 노력에 어찌 감동 받지 않을 수 있을까.

말 그대로 '살아 있는 전설'이라 할 이들이 올해 7월에 12번째 대국을 벌인다니 바둑 팬들이 얼마나 열광할지가 눈에 선하다. 그렇지만 나는 그들의 대국을 볼 생각이 없다. 긴 시간 생중계로 볼 만한 여유가 없어서이기도 하지만, 대국 후라도 기보를 따라 돌을 놓아 보거나 하지는 않을 것이다. 그저 기보 전체를 한 번 굽어보며(!) 음미해 볼 생각뿐이다. 이유는 간단하다. 한 수 한 수 흑백의 돌을 짚어가며 두 조 씨가 벌이는 세기의 대국을 재구성해 본다 해도, 기껏해야 아마추어 4급 정도 되는 내 실력으로는 그들 행마의 깊은 의미를 전혀 알 수 없는 까닭이다…….

바로 이 사실, 취미로 바둑을 두기로는 별 어려움이 없는 나로서도 내 수준에서는 전혀 헤아릴 수 없는 고도의 수읽기가 펼쳐진다는 것을 알고 순순히(!) 인정한다는 이 사실, 이를 새삼 생각게 되었다는 점에서 이 뉴스를 접한 감동이 한층 강화되었다. 마땅히 있어야 할 위계는 찾아보기 어렵고 위세를 떨치는 위계란 것들은 정당성을 갖추지 못하여 많은 이들의 비판과 부정에 직면해 있게 마련인 우리의 사회 상황에 비추어 볼 때, 바둑 세계가 보여 주는 위계의 엄정성은 낯설게 느껴질 만큼 새삼스러운 감이 있다. 이 새삼스러움이 나의 감동을 불러일으킨 것이다.

많은 사람들이 아는 대로 바둑에는 실력에 따른 등급이 있다. 프로기사들의 경우 1단에서 9단까지 아홉 계단이 있고, 아마추어들 사이에서는 항용 18급에서 1급까지 열여덟 단계가 있다고 이야기된다.

전체로 보자면 18급에서 9단에 이르기까지 모두 27개의 등급이 있어 바둑 세계의 위계를 이루는 셈이다.

가로세로 19개씩의 줄이 교차되어 생긴 361개의 점이 있는 조그만 판 위에 흑백의 돌을 하나씩 놓아 집의 칸 수를 많이 만드는 이 단순한 게임에 그렇게나 많은 등급이 있는 것도 놀라울 수 있지만, 실로 놀라운 점은 그러한 등급이 엄연한 실제여서 등급 사이의 위계가 확실하다는 사실이다. 흔히들 하는 말로 6급이 되어야 비로소 바둑판 전체를 볼 수 있게 되며, 집을 세면서 바둑을 둘 수 있어야 5급이고, 4급쯤 되면 전체적인 복기를 할 수 있다 하는데, 내 경험에 비춰 볼 때 실로 맞는 말이다 싶다.

사정이 이러하니, 평범한 아마추어들이 두는 바둑과 프로기사들이 두는 그것이 바둑을 모르는 제3자가 볼 때는 비슷하게 보일지라도 그 사이에 얼마나 아득한 차이가 있는지 짐작할 수 있을 것이다. 바둑을 어느 정도 두어 본 사람들은 이러한 사실을 잘 알고, 대개 다이 엄연한 위계를 인정하면서 프로의 세계를 경외심을 갖고 대하게 마련이다. 위계에 대한 깔끔한 인정이 바둑인들 사이에 공유되는 것이다.

바로 이러한 세계, 위계가 위계답게 엄연히 존재하고 그에 관련된 사람들 모두 그 차이를 십분 인정하고 존중하면서 스스로의 실력을 향상시키고자 노력하는 세계가 우리 주변에 여전히 존재하고 있다는 사실을 두 조 씨의 대국 뉴스를 통해 새삼 느낀 것이 나의 감동을 자아냈다. 바둑의 세계가 우리 사회의 거울 역할을 한 것이다. 확실한 실력 차이에 의해 위계가 마련되고 사람들 또한 그것을 존중하는 바둑에 비춰 보면, 우리 주변에서 위세를 떨치는 위계들의 특성이 눈에 뚜렷이 들어온다. 이런 저런 위계들이 운이나 돈에 쉽게 좌우되어 사람들로부터 존중은 물론이요 동의조차 끌어내지 못하는 것이, 우리 시대 우리 사회의 자화상이라는 진단을 누가 쉽게 부정할 수 있을까 싶다.

외국인을 대하는
우리의 이중성

2015년 6월 26일 미국의 백악관이 무지갯빛 조명으로 장식되었다. 미국 연방 대법원이 동성 결혼을 합법화한 결정을 축하하는 의미에서였다. 이 결정으로 미국의 50개 주 모두에서 동성 간의 결혼이 법적으로 허용되었다고 한다. 동성애에 대한 우리의 의식 수준에 비춰보면 놀라운 일이라 할 만한데, 더욱 놀라운 것은, 미국보다 앞서 동성 결혼을 허용한 나라가 무려 20개 국이나 있다는 사실이다.

이 뉴스를 접한 순간 내 머릿속에 떠오른 생각은 외국인 노동자 문제였다. 미국에서의 동성 결혼 허용 합법화와 국내 외국인 노동자 문제는 얼핏 보면 별 관계가 없다고 생각될 수도 있겠지만, 그렇지 않다. 외국인에 대한 우리의 의식이 갖는 일반적인 문제에 닿아 있는 까닭이다.

고등교육을 받은 대부분의 우리나라 사람들은 외국인에 대해 이중적인 잣대를 갖고 있다고 할 수 있다. 21세기의 지구촌에 살면서 갖춰야 할 '외국인에 대한 호의와 친절'을 특정 외국인들에게만 베풀고 그와는 다른 외국인들에게는 그 반대로 터무니없는 경계와 멸시의 감정을 드러내곤 하는 것이다.

외국인에 대한 태도의 이중성을 조금이라도 의식해 본 사람이라면 이러한 차별이 무엇에 따라 이루어지는지를 즉각 짐작할 수 있으리라 생각된다. 창피하(고도 무섭)게도 그것은 '피부색'이다.

백인들에게는 더할 나위 없이 친절하게 구는 반면, 우리보다 피부색이 짙은 사람들 예컨대 인도나 동남아 등지에서 온 외국인들에게는 근거 없는 자부심을 내세워 얕잡아 보기 십상인 것이, 대놓고 말하기 부끄러운 우리의 자화상이다. 간간이 뉴스를 장식하는 외국인 관련 사건, 사고들에서 이러한 사실이 확인되는데, 뒤의 문제에 대해서는 김재영의 소설집 『코끼리』나 박범신의 장편소설 『나마스테』, 이반장의 단편소설 「납작쿵」 등에서 심도 있는 고발을 찾아볼 수 있다.

우리보다 피부색이 짙은 아시아인들을 쉽게 무시하고 기회가 닿는 대로 착취하기까지 하는 우리의 행태를 떠받치는 것은 무엇일까.

서양의 백인들에 대한 태도가 정반대라는 사실을 생각하면, 이를 외국인 혐오증[제노포비아(xenophobia)]으로 일반화할 수 없음은 분명하다. 현상적으로는 '인종'에 따른 차별이라 할 태도를 보이고 있지만, 우리 국민의 대다수가 유태인을 학살한 파시즘의 만행에는 고개를 절레절레 흔들고 KKK단이나 (조금 성격이 다르기는 해도) IS 등에 동조하지는 않으리라는 점을 고려하면, '인종주의'로까지 나아갔다고 규정할 것은 아닌 듯싶다.

이러한 자리에서, 서양의 백인과 우리보다 피부색이 짙은 아시아의 황인에 대한 이중적인 태도를 낳는 요인을 따져보면, 서로 긴밀히 관련되기는 하지만 동일한 것은 아닌 두 가지를 들 수 있을 것 같다. 하나는 서양 추수주의요 다른 하나는 경제 중심주의이다.

백인에 대한 우리의 호의적인 태도 바탕에는 서양에 대한 맹목적인 선호가 깔려 있다. 압축적인 근대화를 통해 숨 가쁘게 서구화를 추구해 온 지난 역사와, 서구적인 문화를 우리 것으로 자유롭게 누리는 현재의 상태, 서구의 대표격이라 할 미국에 대한 무한에 가까운 신뢰 등이 그러한 선호를 뒷받침한다고 하겠다. 요컨대 서구가 우리보다 낫다는 생각, 지나온 역사를 통해 그렇다고 계속 배워 온 탓에 뼛속 깊이 스며들어 거의 무의식이 되었다고 할 만큼 폭넓게 퍼진 그러한 의식 상태가, 백인에 대한 우리의 근거 없는 호의를 낳는 것이다.

이러한 의식 상태에서는, 서구화란 근대화의 한 가지 방식일 뿐이라는 사실 곧 근대화의 도정은 지역마다 문화마다 다르다는 엄연한 사실(새뮤얼 헌팅턴,『문명의 충돌』)을 볼 수 없게 된다(위르겐 하버마스,『현대성의 철학적 담론』). 우리의 삶을 우리의 기준으로 보는 대신 서구의 시선으로 바라보는 의식의 식민지 상태에 여전히 빠져 있는 까닭이다(에드워드 사이드, 『오리엔탈리즘』). 짧은 호흡으로 제시한 이러한 해석을 지나치다고 생각하시는 분들께는, 피부는 노랗지만 머릿속은 하얀 주인공 '바나나맨'을 통해 우리들의 의식 세계를 파헤친 박민규의 재미있는 장편소설 『지구영웅전설』을 권해 드린다.

우리보다 피부색이 짙은 아시아인에게 행하는 폭력의 바탕에는 이러한 오리엔탈리즘적인 의식 상태 외에 한 가지 요인이 더 있는 것 같다. 그들이 우리보다 못사는 나라 출신이라는 생각이 그것이다. 국가의 경제력에 대한 판단이 맞는 경우라 해도, 그것만으로 이들을 대하는 태도를 잘못 잡는다는 것은 지구촌 시대의 시민으로서뿐만 아니라 한 인간으로서도 수치스러운 일이다. 경제적인 수준으로 인금을 매기는 것이야말로 돈만 아는 '경제적 동물'이나 할 짓이기 때문이다(앞으로 한 세대를 내다보고 잘 따져보면, 이들 국가의 경제력이 우리만 못하지 않으리라는 점을 역설할 필요는 없으리라).

사실 생각해 보면, 우리는 우리의 행복과 안녕을 위해서도 모든 외국인들에게 마음을 열어야만 한다. 출산율이 낮아서 생기는 문제들을 해결하기 위해 우리가 취해야 할 길의 하나는, 각종 이민을 장려하고 다문화 가정을 따뜻하게 보듬는 것일 수밖에 없다. 취업 입국자들이 한국 경제의 한 부분을 떠받치고 있는 사실도, 그들을 공정하게 더욱 비중 있게 대해야 할 중요한 이유가 된다.

이러한 사정을 직시한다면, 피부색이나 경제력, 가족 구성원의 형식 등 외면적인 데 갇혀 있는 선입견을 버리고, 내외국인을 떠나 모든 사람을 그 자체로 인정하는 자세를 취하는 것이 우리 사회의 발전은 물론이요 우리 각자의 인간성 회복에 얼마나 절실한지가 자명해진다. 미국의 동성 결혼 합법화 소식에 외국인 노동자 문제가 떠오르는 연유가 여기에 있다.

단골과 유행,
그리고 르시클라주

나는 매식을 자주 한다. 이유는 두 가지다. 저녁식사 시간 즈음해서 아내의 일이 있고, 나는 음식 만드는 데 소질도 의향도 거의 없기 때문이다. 이런저런 일들로 생기는 회식이 적지 않은 것도 이유가 된다. 이렇게 매식을 많이 해도 내가 찾는 식당은 몇 군데 안 된다. 먹고자 하는 음식에 따라 찾아가는 단골집이 정해져 있는 까닭이다.

매식 품목마다 단골집을 정해 두다시피 하게 된 데는 몇 가지 이유가 있지만, 제일 중요한 점은, 이러한 방식이야말로 내가 나 자신의 삶의 양식(style)을 갖추는 한 가지 방법이라고 생각하기 때문이다. 입맛에 맞는 음식을 계속 찾게 되는 일반적인 이유나 뜨내기손님에게 행해지기 쉬운 푸대접을 피하고자 하는 우려도 없지는 않지만, 이보다는, 단골을 정해 두는 상태가 '나'를 '나'로 유지해 준다고 믿는 점이 더 큰 것이다.

다른 여러 사회생활의 양상들과 마찬가지로, 음식 문화 또한 사람을 규정한다. 어디서 무엇을 어떻게 먹는가가 그 사람의 특성을 말해 주는 것이다. 길거리 떡볶이에서부터 최고급 레스토랑의 만찬까지 모든 음식을 두루 경험해 보아야 한다고 학생들에게 강조하지만, 그런 경험은 이미 해 보았기에, 평소의 나는 내 스타일대로 단골집의 음식을 취한다.

일반적으로 내가 즐기는 것은, 대체로 중간 가격에 주방장이 직접 정성껏 준비한 질박한 음식들이다. 식당으로 치자면, 조용하게 먹을 수 있는 깨끗한 곳, 이것이 유일한 기준이다. 요컨대 나는 음식의 유행이나 식당의 외양 및 이름이 아니라 음식의 질과 식당의 분위기를 본다. 적절한 질과 편안한 분위기, 이것이 내 단골집의 기준이다. 이상에 더하여, 더 중요한 것으로, '단골손님'으로서 식사를 한다는 사실을 나는 중시한다. 단골집을 마련해 두는 사실 자체가 의미를 갖는다고 굳게 믿는 것이다.

'나의 단골 문화'는 두 가지에 저항한다. 유행과 르시클라주가 그것이다. 이러한 저항의 바탕에는 삶의 양식에 대한 지향이 있다.

한때 와인이 유행한 적이 있다. 와인의 종류와 맛에 대해 한바탕 늘어놓을 수 있는 지식(?)을 갖춰야 사교적이라 생각되는가 싶을 만큼, 많은 사람들이 와인을 수집하고 와인 바를 찾아다니곤 했다. 얼마 전에는 그 자리를 사케가 차지하더니, 근래에는 하우스 맥주가 유행인 듯싶다. 이러한 흐름과는 무관하게, 나는 항상 소주를 사랑한다. 커피도 그렇다. 나는 하루에 다섯 잔 내외를 커피를 마시지만, 전국에 퍼져 있는 커피 전문점들에는 거의 가 본 적이 없고 그런 곳에서 파는 각종 메뉴를 구별할 줄도 모른다. 사무실에서 원두로 내린 아메리카노나 에스프레소만을 마실 뿐, 전 세계적인 체인을 갖고 있는 브랜드나 메뉴를 소비하지는 않는 셈이다.

이렇게 나는 유행과 거리를 둔다. 겉으로 드러나는 행태 차원에서 남들과 같게 행동하면서 귀속감을 느끼고 싶어 하지는 않는다. 타인들과의 소통을 지향하되 타인과의 동질감을 희구하지는 않는다. 내 취향은 나만의 것이고, 그러한 나의 취향이 나를 나로 존속하게 해 준다고 믿는 까닭이다.

내가 나로서 존재하(려)는 것을 놔두지 않는 것, 유행이란 그런 것이다. 일찍이 분석되었듯이, 유행은, 동일한 외양을 통해 내적으로는 하나로 결집되고 외적으로는 다른 계층들과 구별되려는 사회계층의 특징이 나타나는 현상이다. 이렇게 모든 유행은 계급유행이다(게오르그 짐멜,『돈의 철학』).

우리 시대의 유행이란 자신의 실제를 가리고 상위 계층을 욕망하게 하는 측면이 한층 강해졌다는 점도 강조해 두자. '짝퉁 명품'의 유행이나 성형 열풍 등이 좋은 예가 된다. 이러한 유행들은 '현재의 나 자신'을 '소망하는 나'로 덮어씌우게 부추기는데, 이 모든 과정이 소비를 키우려는 자본의 욕망에 따른 것임은 물론이다. 그 결과로, 개성을 살린답시고 유행을 따르면 따를수록 개성이 사라지는 역설적인 상황이 전개된다. 개개인들의 동질화된 '가짜 정체성'이, 그 역시도 자본의 놀이 마당인 상징 공간 곧 각종 소비 공간과 가상공간 등에 펼쳐질 뿐이다.

자신만의 단골을 유지하는 것은 이렇게, 자본의 욕망과 함께 하는 유행과 거리를 두며 삶의 양식을 추구하는 일이 된다. 자신의 행동에 의미를 부여해 주는 것으로서의 양식, 자잘하게 단편화되고 해체된 오늘날의 문화 상태로 타락하기 이전의 총체적인 삶의 양식(앙리 르페브르,『현대세계의 일상성』)에 대한 개인 차원의 한 가지 추구 방법이 바로 단골 문화라 할 수 있다.

단골손님으로서 단골집에 찾아가 주인과 인사를 나눈 뒤 음식을 '대접받듯이' 먹고 나오는 일은, 판매자와 아무런 관계도 없는 단순 소비자로서 상품을 구매하고 가격을 지불하는 행위와는 질적으로 다르다. 후자가 자본 순환의 대리인의 행위일 뿐인 데 비해, 전자는 생활을 인간관계로 영위하는 산 사람의 활동인 까닭이다.

동일한 맥락에서 나는, 사회의 도처에서 행해지는 '진보도 발전도 아닌 의미 없는 변화'들에도 저항한다. 스스로를 자신에 맞춰 재교육[르시클라주(recyclage)]시키라고 강제하면서 그렇게 적응하지 않는/못하는 사람들을 도태시키는 현대사회의 조직 원칙, 소비문화에서 가장 두드러지게 드러나는 이러한 흐름(장 보드리야르,『소비의 사회』)에 맞서서, 내가 유지할 수 있는 것들만큼은 유지하고자 노력한다.

식생활에 있어서 단골문화를 지키려는 것은, 나 자신을 끊임없이 개조하라는 르시클라주 명령에 맞서서 구매자로서의 소비자로 전락하지 않고 전통적인 이용자로 남고자 하는 노력이다. 유행에 휘말려 자본의 놀이에 소진되지 않고, 삶의 양식을 회복하려는 힘겨운 노력의 일환이다.

무감각은 범죄다

근래 우리는 두 죽음을 맞이했다. 정부의 대학총장 간선제 방침에 대한 반발로 부산대의 한 교수가 투신자살하는 일이 있었고, 터키의 한 해변에서 세 살밖에 안 된 시리아 꼬마의 시체가 발견된 일이 그것이다.

반응은 상이했다. 우리나라에서 벌어진 앞의 사건은 연일 불거지는 다른 사건에 묻혀 가고 있는 반면, 아시아대륙 반대편에서 발생한 뒤의 사건은 선진 자본주의 사회 전체를 자성으로 이끌고 있다.

시인이자 중견 국문학자인 고(故) 고현철 부산대 교수의 투신자살은 대학사회에서 유례가 없는 일대 사건이다. 그의 자살은, 일개 대학의 총장 선출 방식을 문제시한 것이 아니라, '진정한 민주주의 수호의 최후의 보루'인 대학의 민주화를 촉구하면서 '민주주의에 대한 의식'이 무뎌져 가는 현재의 세태에 온몸으로 저항한 것이다.

이 일로 해서 부산대가 총장 직선제를 유지하기로 결정했고 일부 대학의 교수들이 그러한 움직임에 동참하겠다는 의지를 표명했지만, 사실상 그것이 다인 듯싶다. 문제의 원인을 만든 교육부가 어떠한 공식적인 입장을 표명했다는 소식을 나는 읽은 바 없고, 고인이 진정으로 우려했던 바 사회의 민주화 후퇴 문제에 대해서 정치계가 어떠한 반응을 내놓았는지 들은 바가 없다.

반면 그리스로 넘어가려던 한 시리아 난민 가족의 막내인 에이란 쿠르디(Aylan Kurdi)의 죽음은, 유럽 각국이 난민들에게 문호를 열게 하는 실제적인 변화를 끌어내고 있다. 순진무구한 어린 생명을 앗아간 것이, 바다에서 전복된 보트와 냉정한 파도가 아니라 일상에 묻혀 있던 자신들의 무관심이라는, 선진 자본주의 국가와 국민들의 자각과 자성이 고조된 까닭이다.

엄연한 죽음이라는 공통점을 갖는 이상의 두 비극과 그에 대한 반응이 상이하다는 점을 주목하면 근래 우리 사회 현실의 근본적인 문제가 의식된다.

'감각의 무뎌짐', '감각의 둔화'가 그것이다.

우리들의 감각이 갈수록 둔화되고 있다는 진단은 주변을 둘러볼 때 역설적이라고 생각될 수도 있다. 우리 모두 감각적인 자극이 가득 찬 일상에 놓여 있는 까닭이다. 지하철 플랫폼에 들어서기만 해도 비어 있는 벽을 찾아보기 어려울 정도로 각종 광고와 안내문 들이 우리의 시선을 끌고, 대중매체들 또한 우리의 감각을 자극하는 내용들을 연신 쏟아내고 있다.

이러한 요인들이 우리를 자극하여 충동적이고 즉각적이며 수동적인 반응을 이끌어낸다. 현란한 광고나 쇼윈도 디스플레이에 이끌려 충동구매를 하는 경우가 얼마나 흔한지, 텔레비전 앞에 앉아서 자신이 보는 것이 무엇인지를 헤아려 보지 못하는 경우는 또 얼마나 일상적인지 따로 설명할 여지도 없다.

이렇게 다양한 감각적 자극이 끊임없이 강화되면서 그러한 감각 자극이 실제로 의미하는 비에 대한 우리의 의식은 그만큼 약화되는 사태가 가속되고 있다. 감각이 자극의 단순한 수용에 더하여 그에 대한 주체의 반응까지 포함하는 것임을 생각하면, 이러한 현상이야말로 감각의 둔화에 다름 아니다.

사회 차원에서 확인되는 이러한 감각의 둔화는 대단히 문제적이다. 사회적 감각의 둔화는, 사회 문제에 대한 주체적이고 비판적인 사고의 저하, 마땅히 함께 기뻐하고 슬퍼해야 할 일들에 대한 공감 능력의 마비, 요컨대 이성적인 사고 능력의 둔화에 다름 아니기 때문이다.

사회적 감각의 둔화는, 현대 기술 문명이 강제하는 일반적인 현상이기도 하다. 저마다 곡진한 사연이 있는 각종 사건을 동일한 지면에 배치하는 신문이라는 매체가 사건들 각각의 의미를 따져 헤아리고 공감하는 능력을 크게 위축시키는 것은 분명한 사실이다. 이에 더하여 CNN이나 YTN 같은 실시간 뉴스 보도의 발전은, 실제 현실의 문제를 단순한 볼거리로 전락시키는 데에까지 이르게 되었다.

인류의 문제를 보되 자신이 무엇을 보는지 생각하지 못하게 되는 이러한 양상이 기술 문명의 고도화와 더불어 전 세계적인 현상이 된 것은 애석하게도 맞는 진단이지만, '보되 알지 못하는' 이러한 상태가 우리나라에서 한층 심한 데는 다른 이유도 빼놓을 수 없다.

우리의 지적 무감각을 조장하는 사회 양상이 그것이다. 우리의 정치인들이 말을 공허한 수사로 전락시켜 온 것이 어제오늘의 일은 아니지만, 근래에는 한걸음 더 나아가 있다. '유체이탈식 화법'이라 불리는 언어 조작을 통해 우리를 미혹시키면서 조지 오웰이 『1984』에서 말한 '이중사고'를 강제하는 데까지 이른 것이다. 자신들의 행동과 정반대되는 언어를 아무런 거리낌 없이 구사함으로써, 말의 뜻뿐만 아니라 실제 자체를 흐리고 우리의 사고를 멍한 무감각 상태에 빠뜨리고 있다.

그러한 결과로 우리는, 과거에 우리들이 지향해 온 가치들 현재에도 여전히 지향해야 마땅한 가치들이 심각하게 훼손되어도, 그것을 보되 보지 못하는 상태에 깊이 빠져 들어가고 있다. 국가의 근간을 이뤄야 할 민주주의 원리, 공동체의 안녕을 뒷받침해 주는 윤리, 개개인의 삶을 올바로 이끌 도덕이나 문화생활을 풍요롭게 해 줄 세련된 예술 등에 대해 무감각해진 상태로 나날을 보내고 있는 것이다.

세월호 이후 사태에 대한 무심함, 민주주의의 후퇴를 경고하는 고현철 교수의 죽음에 대한 무지와 외면, 경제 문제로 인한 사회적 위화감의 증대에 대한 둔감함 등에까지 생각이 미치면, 이러한 무감각이야말로 우리 사회 공동체의 심각한 문제라고 하지 않을 수 없다. 우리의 이러한 무감각이 그대로 이어진다면 사회 구조가 결코 발전적으로 변화될 수 없다는 점에서, 이러한 무감각은 범죄라 해도 전혀 과장일 수 없다(이희원, 『무감각은 범죄다 - '저항의 미학'으로서 성 미학』).

동물의 왕국 경계하기

아들애가 군대에 가 있다. 훈련소 생활을 탈 없이 마치고 이제 자대 배치를 받아 부대에 들어간 지 열흘가량 된다. 입대한 지 두 달이 넘었건만 아직도 내 마음은 편치 않다. 자식이 작대기 하나 달린 계급장을 달고 낯선 부대에 막 배속된 상황에 처한 부모라면 모두 가질 법한 걱정이 없지 않은 까닭이다. 내가 지금껏 간절히 바라는 바는, 세상을 시끄럽게 했던 그런 못된 유형의 선임병을 만나지 않는 것이다. 천만다행으로 그렇지는 않은 듯싶지만 그래도 마음을 턱 놓을 수는 없는 것이 부모 된 자의 심정이다.

물론 내가 할 수 있는 일이라고는 거의 없다. 간혹 기회가 될 때마다, 맡은 일을 열심히 적극적으로 하라고 말해 주는 것이 전부다. 근 30년 전에 내가 겪었던 군대를 생각해 보면서 아이도 잘 참아내겠지

믿는 수밖에 없는 상황이다. 자식의 성실성과 인내심을 기대해야만 하는 경우라니, 생각해 보면 실로 딱한 처지라 하겠다. 그렇다고 어찌하겠는가, 아이가 가 있는 곳이 '상명하복'을 뼈대로 하는 군대임에랴!

나의 걱정이 자식을 신참으로 부대에 둔 부모의 노파심에 그치기를 간절히 바라면서, 그러한 노파심도 없어질 수 있는 사회 상황을 그려 보고자 한다.

따지고 보면 각종 사회 조직들 내에도 엄연한 위계가 있다는 점에서 군대라는 조직만 특별한 것은 아니다. 제가 싫다고 아무 때든 그만둘 수는 없다는 결정적인 차이가 있기는 해도, 지내는 동안의 어려움이 생기는 메커니즘은 동일하다 하겠다.

어떠한 조직 속에서 누군가와 더불어 지내는 것이 불편해지는 이유는 다양하다. 조직의 목적과 성격을 잘 파악하지 못해서 엉뚱한 언행을 일삼거나, 해야 할 일을 아직 잘하지 못하는 상태에 있거나, 상황에 대한 파악과 판단에 있어 큰 실수를 하거나, 팀원 간의 조화나 협력 업무를 등한시하거나 하는 경우처럼 자신의 잘못이 원인이 되는 경우도 적지 않다. 이러한 경우들에서는 교정과 교육, 협력을 통해 어려움을 극복해 나아가게 마련이다. 본인의 노력 외에도, 조직 자체가 자신의 발전을 위해 개인의 그러한 노력을 아낌없이 도와주는 까닭이다.

이와는 달리 조직 차원에서의 배려나 개선 노력이 미치지 않는 자리에서 개개인이 겪어 내야만 하는 불편함과 어려움 또한 존재한다. 조직과 개인의 불화라 할 때 실로 문제가 되는 것은 바로 이러한 경우이다. 이 중에서도 심리적인 차원에서 가장 문제되는 것은, 상대방이 나의 처지를 돌보아 주지 않는 데서 온다. 미미하게는 배려나 보살핌의 부재이고 심각하게는 공적에 대한 합당한 인정조차 없애는 따돌림 혹은 배제가 그 구체적인 양상이다. 이러한 문제는, 상위 조직이 그 하위 조직을, 상급자가 아랫사람(?)의 상황과 입장을 고려해 주지 않을 때 발생하는 것이 일반적이다.

사회적 존재로서 사람이 갖는 기본적인 욕구는 자신의 가치를 인정받는 것이다. 생명의 유지만을 바라는 동물과는 달리 인간은 '타인의 욕구를 욕구'하는 특징을 보인다. 타인이 배려하고자 하는 존재, 사랑하고자 하는 존재, 위하고자 하는 존재가 되고자 한다는 말이다. 타인의 배려나 사랑, 위함이라는 욕구를 욕구함으로써 자신의 존재 가치를 인정받고자 하는 것이야말로 인간이 인간으로서 가지는 고유한 특성이다. 이렇게 '다른 욕구를 지향하고 있는 욕구'인 인간적 욕구를 가지는 존재로서 인간은, 이를 위해서라면 동물적인 욕구를 버릴 수도 있게까지 된다. 자기 존재의 인정을 위해 생명을 걸 수도 있는 것이다. 독일 고전주의 철학의 대가인 헤겔이 '인정 투쟁'이라 명명한 이러한 사태는 모든 인간에게 적용되는 것으로서 '주인과 노예의 변증법'으로 설명된다(알렉상드르 꼬제브, 『역사와 현실 변증법 – 헤겔 철학 입문』).

타인의 욕구를 바라는 인정 투쟁에서는 상사도 부하직원도 예외가 없는 것이지만, 앞에서도 말했듯이, 실제에 있어 자신의 존재를 인정받기 위해 목숨까지 거는 도전을 심각하게 고민하는 일은 조직의 위계 내에서 아래에 있는 사람들의 몫이기 십상이다. 이러한 문제를 완화하기 위해 개인의 자의가 아니라 규약과 시스템이 작동하는 조직을 만들어 왔지만, 그러한 규약의 적용 자체가 윗사람(!)들에 의해 이현령비현령(耳懸鈴鼻懸鈴) 식으로 들쭉날쭉한 양상을 띤다면 사태는 오히려 심각해진다. 인간에 대한 기본적인 존중 의식이 사라지고 규약과 시스템을 투명하게 적용하고 철저히 지키는 공인 정신이 실종됨으로써 국가 사회 곳곳에서 '갑질'이 만연하는 오늘 우리의 상황은, 바로 이러한 의미에서 '동물의 왕국'에 가까워졌다 하겠다.

동물의 왕국에서 동물로 격하될 위험에 처한 인간은 자신의 목숨까지 걸면서 인정 투쟁에 나설 수밖에 없게 된다. 생명을 잃을 위험을 알면서, 생명을 보지하는 데 필수적인 생활의 안정이 박탈될 위험을 십분 의식하면서, 자신들의 처지에 대한 국가 사회 공동체의 적절한 배려를 요구하기 위해 길에 나서고 피켓을 들고 시위를 하게도 되는 것이다. 매우 안타깝게도 2015년 현재 우리의 상황이 여기서 멀지 않다.

상황이 이렇게까지 된 주요 요인은 무엇인가. 학계와 정계, 정부의 요직을 두루 거친 조순 선생이 10여 년 전에 답을 내린 바 있다. 경제 제일주의가 나라를 영도하여 경제를 발전시키기는 했으되 경제 발전이라는 미명하에 자유경제의 기본적인 질서를 도외시하고 국가 사회의 기본 제도를 갖추는 일 또한 훼손해 온 까닭이다. 그 과정에서 지성인의 활동이 국가권력에 의해 위축됨으로써, 국가를 제대로 이끌어 갈 올바른 지력이 부재하게 된 것이 역사적인 근본 원인이다(조순,「존 스튜어트 밀의 자유사상과 한국」, 조순 외,『존 스튜어트 밀 연구』).

여기까지 와서 보면 우리에게 필요한 것이 무엇인지가 자명해진다. 자유민주주의 국가로서 갖춰야 마땅한 제도들이 제대로 작동하는 나라, 갑의 자리에 있는 자가 을의 처지를 공감할 줄 아는 건전한 시민사회, 어떤 형태로든 '갑질'이 행해질 때 정의에 입각한 시선이 그것을 제지할 수 있는 공동체가 그것이다. 이를 위해 우리 각자가 깨어 있어야 함은 물론이요, 역사의 잘못을 호도하고 과오를 다시 범하려는 일체의 반동에 맞서 우리 자신의 존재를 인정받고자 노력해야 한다. 정의가 살아 있고 상식이 훼손되지 않는 정상적인 사회에 대한 꿈을 포기하지 말아야 하는 것이다. 온 사회가 군대인 것은 아닌 이상, 이러한 꿈마저 비정상인 양 간주되어서는 정말 안 된다.

유럽 여행 단상

　사오 년간의 숨 가쁜 생활에 매듭을 지을 겸, 모처럼 시간을 내어 서유럽으로 여행을 다녀왔다. 기대와 목적은 단순했다. 두루 보고 충분히 쉬는 것, 그것뿐이었다. 전 세계의 수많은 사람들이 찾는 도시와 유적, 박물관 들을 돌며 일상을 잊었으니 기대하고 목적한 바를 이루었다 싶다.

　가외의 소득도 있다. 일상생활 속에서 우리가 당연하다고 생각하는 많은 것들이 전혀 당연하지 않을 수도 있다는 사실을 새삼스럽게 체험하게 된 것이다. 우리를 가두는 자명한 것들로부터 자유로워지기 위해서는 역사를 공부하거나 외국여행을 해 봐야 한다는 평소 생각의 실효성을 스스로 확인했다 하겠다. 요컨대 외국을 여행하다 보면 우리의 삶을 새롭게 돌아보는 안목을 갖게 된다는 점, 여행을 예찬하는 수많은 명언들이 반복적으로 강조해 온 이 사실을 경험으로 실감하게 된 것이다.

여행을 통해 얻을 수 있는 것은 실로 많지만, 우리가 반복해서 여행을 하게 되는 궁극적인 이유이자 여행이 우리에게 주는 근본적인 긍정적 효과는 바로 여기에 있다. 낯선 곳의 풍물과 사람살이를 봄으로써 견문이 넓어지는 것은 누구나 쉽게 얻는 효과인데, 그렇게 넓혀진 견문으로 여행 전후의 자신을 돌아보게 되면, 우리를 가두고 있는 자명한 것들 당연한 것들의 정체와 효과를 간파해 볼 수도 있게 된다. 이러한 맥락에서 다음 세 가지를 말해 보고자 한다.

유럽 여행을 통해 제일 크게 체감한 것, 말 그대로 몸으로 느낀 것은 흡연에 대한 관대함이었다. 담배를 피울 장소는 물론이요 시간도 얻기 어려워 불편해 하고 항상 타인을 의식하지 않을 수 없는 우리나라에서와는 달리, 이탈리아와 프랑스 등에서는 아무런 부담 없이 흡연하는 자유를 만끽할 수 있었다. 유로스타를 기다리는 파리 역의 플랫폼에서 담배를 피우는 사람들을 보면서는 저렇게 피워도 되나 멈칫했을 정도로, 그동안 스스로를 옥죄었던 금제를 확실히 느끼게 되었다.

이렇게 모처럼(!) 자유롭게 흡연을 하다 보니, 근래 들어 우리나라에서 흡연자들을 마녀 사냥하듯이 몰아대는 상황이 새삼 생각되지 않을 수 없었다. 흡연을 예찬하거나 권장할 의도는 없지만, 바로 이러한 차이가 의미하는 바가 무엇인지에 대해서는 한마디 하고 싶다.

유럽의 몇몇 나라들이 흡연에 대해 별다른 규제를 행하지 않는 상황이 의미하는 바는 무엇인가. 흡연을 규제 대상으로 삼는 일이 올바르거나 당연한 것(만)은 아니라는 사실이 그것이다. 외국여행의 경험이 주는 사고의 자유로움에 기대어 한걸음 더 나아가자면, 흡연의 해로움을 역설하며 내세워지는 의학적인(?) 근거라는 것들이 어느 정도의 과학적인 타당성을 지니는지 자체가 문제된다는 점도 제기해 볼 수 있겠다. 내친 김에 털어 놓자면, 열풍처럼 몰아치는 우리나라의 금연 캠페인이란 국민 개개인의 취향에 대한 규제가 강화되는 상황 변화의 한 가지 징후는 아닌가 의심되기까지 한다.

다음으로, 널리 알려진 것이지만, 사람들의 생활 템포가 느리고 여유롭다는 점 또한 새삼 생각해 볼 만하다. 상점 점원들이 손님을 왕으로(!) 대하지 않음은 물론이요 행동 또한 굼뜨기 한량없음은 해외여행을 하는 우리나라 사람 누구라도 금방 느끼는 사실이다. 오후 여덟 시나 아홉 시면 대부분의 상점들이 문을 닫고 열 시가 되면 술집조차 영업을 안 하는 것 또한 같은 맥락에서 특기할 만하다. 미국의 사정도 동일하다는 것을 나는 안식년을 통해 익히 알고 있는데, 우리와는 크게 다른 이러한 상황에서 다음 두 가지를 생각해 볼 수 있다.

첫째는, 이들 나라에서는 일반인들의 생활 리듬이 경제적인 행위에 전적으로 규율되지는 않고 있다는 것이다. 이러한 상황의 바탕에는, 일을 하되 여가도 확보해야 한다는 생각, 일이 생활의 목적이 아니라 수단일 뿐이라는 발상이 깔려 있다고 할 만하다. 여행자의 시선이 앞서 있고 지면이 제약되어 비약이 없지 않다 느껴지기도 하겠지만, 요컨대, 돈을 버는 것만이 인생의 목표인 양 사회가 돌아가지는 않는다는 말이다.

이렇게 '돈에 움직이지 않는 삶의 질서' 덕분에 이른바 '갑질'과 같은 문제도 좀 적지 않겠는가 하고 추정해 볼 수 있다는 것이 둘째다. '갑질'을 가능케 하는 바탕에 인간관계를 돈의 맥락에서만 바라보는 협소한 태도가 깔려 있다고 한다면, 우리들 일반 시민의 경제 행위란 생활의 수단일 뿐이라는 사실을 명확히 의식하는 것이 그러한 문제를 해결하는 데 적지 않게 기여하리라 기대해 볼 수도 있으리라는 판단에서이다.

끝으로 덧붙일 것은 오랜 역사의 숨결이 느껴지는 생활공간에 대한 부러움이다. 로마를 위시한 이탈리아 여러 도시들의 건물과 광장, 골목 들이 천 년을 넘나드는 역사를 고스란히 간직하고 있음은 물론이요, 프랑스의 파리나 독일의 하이델베르크 등 또한 수백 년의 시간을 느끼지 않을 수 없게 한다. 생각해 보면 뉴욕조차도 백여 년의 시간을 동시에 호흡할 수 있게끔 도시가 꾸며져 있다.

일상생활의 공간 자체가 역사를 안고 있을 때 사람들의 시간 의식이 한결 유장해지리라 추정하는 것이 무리하지 않다면, 도시 재개발이라는 이름하에 과거의 흔적은 찾을 길 없이 숨 가쁘게 변하는 우리의 생활공간이 우리들의 삶을 각박하게 만드는 한 가지 요인이라고 할 수 있을 것이다. 이러한 상태가 초래된 바탕에도, 눈앞의 경제적인 가치만 앞세우는 조급한 태도가 있음은 물론이다.

우리들의 삶을 보다 윤택하게 하는 것은 물론이요 우리의 생활공간을 전 세계 사람들이 기꺼이 찾는 관광지로 구축하기 위해서라도, 우리가 당연하다고 여기며 실상은 맹목이 되는 이러한 지점들을 성찰해 볼 일이다.

3부

문화를 생각한다

적나라한, 너무도 적나라한!

'가위남'과 설거지

문화생활의 즐거움과 어려움

'헛바닥 인간'의 시대

키치Kitsch를 묻는다

컴포넌트여 영원하라

문학예술에 대한 환상과 진상

문학의 세 가지 유형, 그 기능과 효과

대중문학과 고전-소설 읽기의 두세 가지 풍경

문학의 표절과 우리의 과거

노벨문학상과 베스트셀러, 그리고 표절

적나라한,
너무도 적나라한!

며칠 전 일이다. 앞부분만 들춰 본 채 접어 두었던 황석영의 소설 『개밥바라기 별』에 손을 댔다가, 흐름을 타다 보니 눈을 뗄 수 없어 새벽 세 시를 넘겨 가며 다 읽어 버리게 되었다. 마감을 두고 해야 할 일이 있을 때 다른 데 손이 가는 버릇이 아직 남아 있어서 그렇게 된 것인데, 여전히 인상 깊게 생각나는 구절이 있어서 그것을 제사(題詞) 삼아 쓰고자 한다.

"내가 영길이 너나 중길이를 왜 첨부터 어린애 취급했는지 알아? 아주 좋은 것들은 숨기거나 슬쩍 거리를 둬야 하는 거야. 너희는 언제나 시에 코를 박고 있었다구. 별은 보지 않구 별이라구 글씨만 쓰구."(『개밥바라기 별』, 41쪽)

위 구절에는 우리의 눈을 끄는 두 가지의 통찰이 있다. 별을 '생각하는' 것보다 실제의 별을 '보는' 것이 의미 있다는 생각이 하나다. 또하나 우리의 눈길을 끄는 것은, '아주 좋은 것들에는 슬쩍 거리를 둬야 한다'는 판단이다. 적나라하게 자신의 욕망을 드러내지는 말라는 이러한 생각은, 아무런 함축도 에두름도 없이 곧이곧대로 주고받는 대화는 멋대가리 없다는 의식과 나란히 하고 있다.

내게는, 둘째 통찰이야말로 우리 시대에 그 빛을 되살려내야 할 소중한 금언(金言)으로 보인다. 거리를 두지 않고 노골적으로 말하지는 말라는 통찰의 가치를 이렇게 직접적으로 말하고는 있지만(!), 이 글의 주제와 관련해서는, 이렇게 하지 않을 수 없는 상황에 처해 있기에 어쩔 수 없다. 거리를 두지 않은 채 적나라하게 문제를 짚어 보지 않을 수 없게 함으로써 나를 유감스럽게 하는 이 글의 주제란 바로 우리 시대, 우리 사회의 독서 실태이다.

독서를 주제로 하는 칼럼이라니, '책을 읽자', '독서를 해야 한다'는 빤한 내용이 아닐 것인가, 짐작하실 것이다. 맞다고 할 수 있다. 함축적으로는 그런데, 여기에서는, 아무런 거리도 두지 않고 적나라하게, 우리가 얼마나 책을 읽지 않는지를 확인하는 데 주력할 생각이다. 독서의 효용과 가치에 대한 글이 부족해서 사람들이 책을 읽지 않는 것은 아닐 테니, 복잡한(?) 인문학적 사고 없이 단순명료하게 사태를 정리해 보려는 것이다.

전국 416개 대학의 학생 255만 명의 연간 도서 대출 실태를 조사한 결과, 무려 40%의 학생이 단 한 권도 대출받지 않았으며, 1인당 평균 7.8권으로 5년 내 최저를 기록하였다(『서울신문』, 2015.3.9). 대학생만 책을 안 읽는 것은 물론 아니다. 범위를 넓혀서 보면, 2013년 기준 20대의 연평균 독서량은 16.1권이고 30대는 12.0권이다(문화체육관광부). 만화나 잡지 등속을 모두 합한 것이 그러하다. 대상을 넓히고 추세를 더하여 2006년과 2010년의 독서 실태를 비교해 보면, 성인의 경우 연 평균 11.9권에서 10.8권으로, 학생의 경우 14.0권에서 16.5권으로 변화했음이 확인된다(국민 독서 실태조사).

실상이 명확해지도록 비교의 맥락을 좀 더 확장해 보자. 먼저 월평균 서적 구매비를 보면, 2005년 상반기 2만 2,136원에서 계속 감소하여 2014년 상반기 1만 9,696원으로 10년래 최저를 기록하고 있다(『서울경제신문』, 2014.12.19). 권당 1만 원이 넘는 책값을 고려하면 한 달에 두 권을 사지 않는 셈이다. 같은 기간 오락·문화비는 월 평균 10만 2,189원에서 15만 1,167원으로 증가했다니, 서적 구매비의 비중은 21.7%에서 13.0%로 떨어진 것을 알 수 있다.

좀 더 포괄적으로 보자. 2003년과 2012년의 '가구당 월 평균 문화예술 관련 지출 항목' 비율을 비교해 보면, 독서는 22.2%에서 8.2%로 감소한 반면, 영화 관람은 29.5%에서 80.0%로 크게 증가했음이 확인된다. 이러한 사실은 같은 기간의 문화산업 매출액 증가율에서도 그대로 확인된다. 전체 매출액이 100% 증가한 이 기간에, 출판산업의 경우 고작 35.9% 증가한 반면, 영화·비디오 업계는 87.9%

의 증가율을 보이는 것이다(문화체육관광부).

다른 나라와의 비교도 빼놓을 수 없다(이하, 『주간경향』 1121호). 한국출판연구소에 따를 때 한국과 일본의 도서시장 규모는 총액 기준으로 열 배 이상 차이가 나며, 인구수를 감안하여 환산해도 3.5배의 차이를 보인다. 약간 색다른 통계도 있다. 호텔스닷컴이 전 세계 여행객 2만 5천여 명을 대상으로 '여행 중 호텔 침대에서 하는 행동과 습관'을 조사한 결과, 독서를 꼽은 한국인은 19%로 조사대상 25개 나라 중 꼴찌였다고 한다. 스웨덴 60%, 덴마크 58%, 러시아 56% 등이 수위를 차지하고, 24위인 멕시코도 25%가 독서를 꼽았다고 한다.

요컨대, 우리나라 사람들은 책을 안 읽어도 안 읽어도 너무 안 읽는다! 그 대신에, 더 많은 돈을 들이고 영화관을 찾는다. 머리를 쓰는 대신에, 시각적 즐거움을 탐닉해 온 것이다.

사태를 바꾸자면 어떻게 해야 할까. 글의 근본적인 기능이 사고를 논리화하고 비가시적인 기능과 관계를 가시화하는 것이며, 그 결과로 사고의 문법과 과학이 발전할 수 있었다는 문명사적인 사실(마셜 맥루한, 『구텐베르크 은하계』)을 강조하면 될까. 할리우드적인 영화가 판을 치는 상황에서 영화 관람의 주된 효과란 순전한 오락에 불과하다는 점을 욕먹을 각오로 역설해야 할까. 우리들의 대화가 멋을 잃은 지 오래고, 공공의 말조차 뻔뻔스럽고 적나라하기 이를 데 없는 지경이 된 것이 독서 문화의 저하와 관련이 있다고 논문이라도 써야 할까.

울림을 주지 못하는 그러한 멋진 글들 대신에, '남들 보기 창피하

지 않게 책 읽는 시늉이라도 하자'고 말하는 것으로, 이 노골적이고
도 적나라한 그래서 멋이라고는 전혀 없는 글을 맺기로 한다. 빌 게
이츠와 같은 경영학의 그루들이 밝힌 독서 권유 글들을 수집, 정리하
는 서글픈 일에 손을 대지 않는 한 이렇게 적나라한 글을 쓰지 않고
는 우리 사회의 독서 실태에 충격을 주기 어렵다는 생각을, '거리를
두지 않은 인문학 칼럼'이라는 역설적 상황의 변명으로 삼고자 한다.
구차하지만 어쩔 수 없다······.

'가위남'과 설거지

1

요리 잘하는 남자들 때문에 적지 않은 스트레스를 받게 된다.

일류 요리사 못지않게 멋진 요리를 만드는 남자들이 있는가 하면, 평범한 재료를 가지고 맛있는 음식을 뚝딱 만드는 남자들도 있고, 특이한 재료를 이용해서 건강에 좋은 요리를 만들어 내는 남자들도 있다. 취미로 요리를 하는 남자들도 적지 않은 모양이다.

요리하는 남자들 중에서 으뜸은 '가위남'이리라. '가족을 위해 요리하는 남자'가 '가위남'이란다. 남자들이 가족을 위해 하는 일이 요리 하나일 리 없음은 자명한데, '가요남'도 아니고 '가위남'으로 말을 줄이면서 가족을 위해 요리하는 남자를 지칭하는 것을 보면, 요리 실력이 남편이나 아버지가 반드시 갖춰야 할 요건 중의 하나로 여겨지는 것은 아닌가 싶기까지 하다.

할 줄 아는 것이 고기 굽기와 라면 끓이기밖에 없다시피 한 나(와 같은 사람들)로서는 스트레스를 받지 않기 어려운 상황이다. 일에 바빠 가족과 나누는 시간을 충분히 갖지 못한다는 자책을 늘상 갖고 있는 터에, 뭔가 능력이 부족한 가족 구성원으로 규정되기까지 하는 것은 아닌가 싶은 까닭이다.

이러한 심정을 해소하는 방편이자, 요리 못 하는 남자도 사랑받을 수 있는 방안을 공유하자는 뜻에서, 요리는 아니지만 요리와 결코 뗄 수 없는 다른 일을 이야기해 보고자 한다. 설거지가 그것이다.

2

설거지는, 가사노동 중에서 가장 상큼한 일이다.

걸쭉한 찌개 국물 자국이나 미끈거리는 음식 기름의 흔적, 눌어붙은 밥풀쪼가리나 잔에 묻은 커피 얼룩 들을 말끔히 없애서, 그릇의 살결을 매끈하게 드러내 주는 일이 설거지가 아닌가. 이렇게 보면, 비누 세수를 막 마친 어린애의 뽀얀 살결이 주는 상큼함을 항시 느끼게 해 주는 일이 바로 설거지라 할 수 있다.

설거지가 주는 정서적 선물은 대단히 크다. 각종 오점을 없애며 순연한 본바탕을 드러내 준다는 행위의 의미도 보람을 주지만, 설거지를 마친 뒤 가지런히 놓여 있는 깔끔한 그릇들의 풍경이 주는 신선함이야말로 말할 수 없는 상쾌함을 준다.

설거지의 과정도 크나큰 즐거움을 선사한다. 거품을 일으킨 수세미로 그릇들의 안팎을 닦아나가는 일, 때로는 쇠 수세미를 이용해서 힘껏 문지르기도 하고, 때로는 부드러운 수세미로 그릇의 결을 느끼며 부드럽게 닦아도 보는 일은, 아이를 목욕시키는 일처럼 뭔가 소중한 느낌까지 선사한다.

여기서 그치지도 않는다. 거품을 안은 채 차곡차곡 쌓인 그릇들을 흐르는 물 아래에서 깨끗하게 헹궈내는 일이야말로 설거지의 백미에 해당한다. 미끌미끌하거나 껄끄러웠던 것들이 씻겨나가면서 수돗물에 헤쳐지는 거품 너머로 그릇의 매끈한 자질이 드러나는 짧은 순간들은, 그릇 하나를 마쳤다는 성취감과 더불어 무언가 정화되는 과정이 주는 신선함도 제공한다.

신선함과 성취감이 반복되다 보면 설거지가 끝나게 마련이고, 깨끗하게 씻긴 그릇들이 잘 정돈된 채 물방울을 머금고 있는 장면은 상큼한 정물화를 마친 화가가 느낄 법한 기쁨을 선사한다. 마른행주를 쓰지 않는 나는, 자기 자리를 차지한 그릇들이 서서히 말라가는 과정을 상상하면서, 샤워 후의 개운함까지 느끼며 자리를 뜬다.

한 가지 덧붙일 수 있다. 자신을 위한 설거지가 아닐 경우에는, 가사노동을 분담하는 사람에게 나도 일을 했다는 것을 확연히 보여 주는 데 있어서 설거지 오른편에 나설 것은 없다는 사실이다. 한마디로, 설거지는, 정말 폼 나는 일이다.

3

따지고 보면 설거지는 참으로 대단한 일이기도 하다. 중간의 한 토막만 할 수는 없다는 점에서, 설거지는 어떤 의미에서도 소외되지 않은 노동이다. 또 한편으로 설거지는 먹는 일의 전 과정을 마무리하는 일이어서 요리를 포함하는 일련의 노동에 마침표를 찍는다는 성취감을 준다. 그러면서도, 성과가 나오자마자 없어지는 요리와 달리, 설거지의 결과는 우리가 보람을 느낄 만큼의 시간 동안 제 모습을 유지한다. 여기에 더하여 앞서 지적한 정서적 효과와 즐거움, 기쁨까지 생각하면, 어떤 노동이든 이만한 것이 없다 해도 그리 과장이 아니리라.

끝으로 꼭 부연해야 할 점은 설거지가 갖는 시간적인 성격이다. 설거지는, 지금 일의 마무리일 뿐 아니라, 다음번의 일을 대비하며 누군가를 배려하는 행위이다. 설거지를 하는 일은, 이런 점에서, 미래와 타인을 존중하는 자세를 일상적으로 갖춰나가는 과정이라고도 하겠다.

4

사정이 이러하므로, 요리 잘하는 남자들만 추어올려서는 안 된다. 설거지가 없다면 요리 또한 있기 어렵다는 사실만 생각해도 그렇다. 요리와 설거지를 비교하자면 으레 요리가 앞에 나서고 설거지는 말 그대로 뒤처리 정도로 치부되기 십상이지만, 특히 가정에서는, 설거지 없는 요리는 사실 존재할 수 없다. 지금의 설거지가 다음의 요리를 가능케 해 주는 것이기 때문이다.

따라서 설거지를 잘하는 남자 또한 '가위남'이라 해야 마땅할 것이다. 설거지하기야말로 자신을 내세우지 않으면서 가족을 위해 궂은일을 하는 것이라는 실제적인 맥락에서도 그렇고, 앞서 지적한 대로 곰곰 생각해 보면 설거지가 즐거우면서도 의미 있는 일이라는 점에서도 그러하다. 무엇보다도, '가위남'을 요리 잘하는 남자로 한정하는 폭력이 부부 모두에게 주는 스트레스를 날리는 손쉬운 방법이라는 점에서, 설거지야말로 실로 가족 모두를 위한 일인 까닭이다.

문화생활의
즐거움과 어려움

　1991년 대학 강단에 처음 선 이래, 그리고 10여 년 전 이공계 연구중심대학에 적을 둔 이후 줄곧 나는 내 전공에 국한하지 않고 가능한 대로 폭넓은 분야를 가르치려고 노력해 왔다. 문학에 대한 다양한 강좌를 개설하는 것은 말할 것도 없고, 작문이나 토의·토론 등은 물론이요 공부하며 가르치는 격으로 과학커뮤니케이션이나 문화콘텐츠, 스토리텔링 등도 다루고 있다.

　현란하다면 현란한 강좌 이력을 쌓아 왔다 할 만한데, 이는 두 가지에 기인한다. 하나는 세상과 인간의 삶에 대한 호기심이 많은 나의 개인적인 성향이고, 다른 하나는 건강한 문화에 대한 나의 믿음이다. 문화란 모름지기 서로 차이를 보이는 다양한 요소들이 공존할 때, 바로 그러할 때에만 발전을 기약할 수 있다고 나는 생각한다.

이러한 성향과 믿음에 따라, 문학 교육의 대상을 다양하게 함과 더불어, 인문학 일반이나 과학문화, 문화산업 분야에까지 손을 뻗쳐 관련 강좌를 개설해 온 것이다. 이들 강좌를 준비하는 것이 곧 폭넓은 문화생활을 영위하는 것이라는 생각으로, 힘이 들어도 힘들다는 생각을 별로 해 본 적이 없다. 반대로, 가끔씩 낯선 문화 산물을 대하면 신선한 충격을 받고 관련 공부의 첫걸음을 떼게 된다.

근래의 그러한 경험은 〈어둠의 공포(fear(s) of the dark)〉라는 흑백 애니메이션 영화 한 편에서 왔다. 다섯 개의 에피소드와 하나의 추상적인 그래픽, 총 여섯 부분으로 이루어진 옴니버스 형식의 이 작품은, 그래픽 아티스트와 만화가 등 6인의 감독이 공동으로 작업해 2008년에 개봉한 것이다. 선댄스 영화제를 비롯한 독립영화제들에서 호평을 받은 사실에서 간접적으로 확인되듯이, 이 영화는 할리우드나 스튜디오 지브리 식의 대중적인 애니메이션과는 판이하게 다른 유형의 작품이다.

'프랑스 영화답게(!)' 뭘 말하는지 알기 어려울 만큼 난해하지만, 감독의 작가정신이 빛나는 예술영화는 아니다. 어둠을 공통 요소로 하여 공포를 자아내는 조금씩 빛깔이 다른 기발한 이야기들을 병치함으로써 두려움에 대한 환상과 공감을 불러일으키고 있는데, 두려움을 유발하는 것이 알려지는 순간 호러가 액션으로 변화되는 사정을 고려하면, 이 영화의 난해함이란 두려움을 두려움으로 유지하고자 하는 장르 코드적인 수준의 것이라 할 만하다.

그럼에도 불구하고 이 영화는 매우 신선한 충격을 준다. 그 바탕에는, 감탄사를 터뜨리지 않을 수 없을 만큼 예술적으로(!) 그려진 장면들과 그것들이 기묘하게 이어지는 완벽한 기술이 자리하고 있다. 터치가 많이 가 누가 봐도 대단히 공을 들였음이 분명한 에피소드뿐만 아니라 선이 단순한 경우도 화면의 전환이나 정서의 표현에 있어 장면들마다 감탄을 자아낼 만큼 고도의 기술이 자연스럽게 구현되어 있다. 무장무애(無障無礙)라 할 만한 이러한 기술적인 완성도가 앞서 말한 난해함과 어우러지면서 이 영화에 특유의 예술 장르적 성격을 부여해 준다 하겠다.

물론 기술 자체가 예술성을 담아내는 것은 아니지만, 기술이 고도화되면 그 자체로 기예(技藝)가 되어 예술에 가까워지는 것 또한 엄연한 사실이다. 미술이나 음악은 물론이요 문학에서도 새로운 경향의 등장이 기술적인 전환과 밀접히 관련되는 것은 이러한 연유에서이다. 후기인상파 회화나 무조음악(無調音樂), 모더니즘문학 등이 널리 알려진 좋은 예다. 기술의 새로움이 예술 장르의 지향 속에서 이루어짐으로써 무언가를 추구하는 효과를 놓치지 않을 때, 예술로서 새로움의 차원으로 나아가는 것이다.

이러한 의미에서 〈어둠의 공포〉는 고급스러운(?) 예술영화와 호러 장르를 배경으로 하는 대중 애니메이션의 중간에 놓여 있다고 할 만하다. 본격문학과 대중문학이니 클래식과 대중음악이니 하는 이

분법을 애니메이션 영역에서 해체하는 작품인 셈이다. 음악계에서는 '크로스오버'를 통해 문학계에서는 '중간소설' 등으로 불리는 작품의 등장으로 이러한 경향이 좀 더 일찍 그리고 널리 퍼져 있다는 것을 익히 알고 있었지만, 그에 상응하는 잘된 애니메이션은 처음 접하는 터라 기쁨과 놀라움이 적지 않았다.

이 놀라움에 따라 공부(!)의 길로 약간 나아가면서, 종이책을 매체로 하는 유사한 경향이 판타그래픽스 북스(Fantagraphics Books)를 통해 이미 1980년대에 펼쳐졌음을 확인하게 되었다. 1991년에 발표된 『쥐』로 널리 알려진 아트 슈피겔만이나, 미국 사회에 대한 자기 고유의 시각을 과감하게 드러내는 로버트 크럼 등의 새로운 만화 세계가 앞서 있었던 것이다.

이러한 새로운 만화가, 만화와 소설의 경계를 흐리는 장르 곧 '그래픽 노블(graphic novel)'과 이어진다는 계보도 그려 보게 되었다. 알란 무어와 데이비드 로이드의 『브이 포 벤데타(V for Vendetta)』(1982)가 고전적인 대표작인 이 분야는, 보스니아 내전을 다룬 『안전지대 고라즈데』(2002)나 인티파다(Intifada)의 현장을 그린 『팔레스타인』(2002) 등을 펴낸 조 사코의 강력한 현실 참여적인 작품까지 포함하며 장르의 경계를 넓히고 있다.

단편적으로 접했던 작품들을 이렇게 묶어서 바라볼 수 있게 되면, 문화 향유의 폭넓음을 지향하는 면에서 성취감을 느끼는 한편 문화의 폭넓음을 새삼 실감하면서 느끼는 막막한 아득함 또한 어쩔 수 없게 된다. 더 나아가면 본격적인 공부가 되니, 바쁜 생활 중에 망양지탄(亡羊之歎)을 어쩔 수 없는 까닭이다. 작은 소개를 겸하는 이 글이, 문화생활과 공부가 뒤섞인 직업을 갖지 않은 독자 분들께서 새로운 문화 영역을 즐겁게 열어 가는 마중물이 되기를 바랄 뿐이다.

'혓바닥 인간'의 시대

나의 일상에 소중한 기쁨이 되는 일 중 상당수는 음식과 관련되어 있다. 아내가 직접 만들어 주는 만두나 김밥 같은 특식(!)을 온 가족이 조금씩 거들면서 함께 먹게 될 때, 그것은 작지만 기억에 남는 이벤트다. 차례나 제사를 맞아 모두 나서서 제 역할을 한 뒤에 그 음식을 먹을 때 그것은 단순한 한 끼가 아니다. 말 그대로 제의의 일부여서 거기 걸맞은 의미를 함께 갖는 까닭이다. 가족의 생일이나 결혼기념일, 크리스마스 등에 특정 음식을 특별히 먹는 일 또한 고유의 의미를 갖는 일이다. 가족 중에 좋은 일이 생겨서 평소와 달리 멋진 외식을 하게 될 때도, 음식을 먹는 일은, 살기 위해 필요한 영양분을 섭취하거나 맛을 탐하는 것과는 다른 일이 된다.

　이러한 경우들에서 한 끼의 식사는 단순한 '먹는 일'과는 질이 다른 행위가 된다. 누구와 먹는지, 어떻게 먹는지, 어떤 생각과 이야기를 나누는지, 먹고 나서 무엇을 기억하는지 등이 모두 어우러진 복합적인 행사이기 때문이다. 그 결과 이러한 식사는, 생물학적인 수준을 넘어 문화의 차원으로 상승한다. 가족 내에서 상징적인 의미를 짙게 띠는 문화적 기억의 중요한 매체가 되는 것이며, 보다 넓게 근본적으로 말하자면, 생존의 적나라함으로부터 멀리 떨어진 인간적인 삶의 한 국면이 되는 까닭이다.

음식문화는 중요하다. 비단 가족 내에서만 그런 것이 아니라 우리들의 사회생활 전반에 걸쳐 그러하다. 우리 모두 일상의 경험을 통해 알고 있듯이, 함께 음식을 먹는 일은 일정한 친밀감이나 동질감이 전제될 때에나 가능하다. 동시에, 그렇게 음식을 함께 하면서 친밀감과 동질감이 강화되는 것 또한 물론이다. 요컨대 우리의 일상에 있어서 음식을 먹는 일은 우리가 속한 가족이나 사회 집단의 문화의 한 요소로 기능하고 있다. 혼자 허기를 달래며 허겁지겁 밥을 먹을 때가 없지는 않겠지만, 우리의 생활 대부분에서 음식의 섭취는 상징적인 의미와 뗄 수 없는 문화 활동의 일환이다.

이상과 같은 일반적인 의미에서만으로도 음식문화에 대한 성찰이 없을 수는 없는데, 요즈음의 우리 상황을 보면 그러한 필요성이 한층 강화된다. '음식 열풍'이라 해도 전혀 과장일 수 없는 상황이 펼쳐지고 있는 까닭이다. 텔레비전 방송 채널마다 음식과 관련된 프로그램들이 넘쳐나고 있다. 온갖 연예인들이 나와 음식을 만들어 먹으며 떠드는 모습이 화면을 장식하고, 각종 요리 전문가와 요리사들이 스타가 되었다.

음식 관련 프로그램들 또한 크게 변화하였다. 전통적인 요리 프로그램은 조리법을 알려주는 데 목적을 두고 그에 충실한 양상을 보였다. 따라서 출연진 또한 요리사와 보조 진행자로 단출했다. 이와는 달리 현재의 프로그램들은 대체로 먹거나 평가하는 과정까지 보여준다. 그 결과 출연진 또한 시식자들이 대거 포함되고 요리를 담당하는 사람이 요리사에 한정되지 않는 방식으로 크게 확장되었다. 이러한 변화 위에서, 먹고 마시고 떠드는 모습을 보여주는 방식이 대세가 되었다. 요리를 제재로 하되 경연(contest)을 펼친다든가 생존(survival) 게임적인 요소를 가미한다든가 하는 변주도 활발해져 그 양상 또한 한층 다양해졌다.

요컨대 요리가 인기몰이를 하는 대중문화 프로그램이 된 사회에 우리가 살고 있다. 요리의 이러한 대중문화화는 대중문화의 문제적인 속성을 짙게 띰으로써 몇 가지 문제를 낳는다.

요리 경연 프로그램들을 먼저 살펴보면, 앞서 말한 대로 삶의 필수적인 행위이자 문화 활동인 요리를 승부욕을 부추기면서 오락용 볼거리로 전락시킨다고 하지 않을 수 없다. 이 경우의 근본적인 문제는 존중되어야 할 차이를 무시한다는 데 있다. 소수 전문 심사위원이나 아마추어의 취향으로 판정(?)을 내리는 형식 속에서, 요리들의 다양성과 질적인 차이가 무시되는 것이다. 요리들이 갖는 지방적인 성격, 재료의 차이에 따른 특성, 특별한 의례나 제의적인 성격에 맞추어진 문화적인 특성, 코스에서의 순서에 따른 기능상 차이 등등이 제대로 존중되지 못하고, 공정성을 찾기 어려운 '맛'으로 모든 것이 결정될 뿐이다. 음식이 갖는 다양한 의미와 기능을 무시한다는 점에서 이들 프로그램은 텔레비전의 바보상자적인 성격을 강화시키는 오늘의 대표주자라고 하겠다.

대부분의 요리 강습 프로그램들 또한 적지 않은 문제를 보인다. 조리 과정의 현실적인 성격을 숨기고 음식을 오락용으로 탈바꿈시키는 까닭이다. 이들 프로그램에서는 대체로 재료의 구입이나 손질 과정, 조리에 걸리는 시간, 식후의 처리[설거지] 등이 생략된다. 그 결과로 요리가 본래 깃고 있는바 생존을 위한 노동이라는 성격이 사라진다. 이렇게 가사노동의 실제를 가리고 그 중요한 의의를 희석시킴으로써, 궁극적으로는 가사노동으로서의 요리(하기)의 의의를 약화시키고 부정하는 기능을 한다. 〈삼시세끼〉와 같은 새로운 형태의 요리(?) 프로그램 또한, 상황이 비일상적이라는 점에서 일상 노동으로서의 요리(하기)를 왜곡하기는 마찬가지다.

이러한 지적을 과하다고 보는 사람이 적지 않을 수 있지만, 이는, 인문학의 성찰이란 그렇게 작고 사소해 보이는 일이 갖는 인간적, 문화적인 의미를 따져 보는 일이며 그렇기 때문에 소중한 것이라는 사실이 인정받지 못하는 사회 풍토를 증명해 줄 뿐이다. 방송상의 특성을 무시했다고 비판할 수도 있겠지만, 그러한 비판은 초점을 잘못 잡은 것이다. 방송이 갖는 제한적인 속성은, 요리가 방송에서 다루어질 경우 조리법 소개 수준에 머물러야 한다는 사실을 입증하는 것일 뿐인 까닭이다.

이들 프로그램이 대표하는 '요리의 상품화' 현상은 우리를 퇴행시킨다. 식문화가 인간의 삶에서 차지하는 위상에 대한 고려의 여지는 없앤 채로 음식을 만들어 먹는 행위에 관심을 집중시킴으로써, 맛있게 먹(는 데 몰두하)는 인간, 먹고 떠드는 인간 곧 '혓바닥 인간'으로 우리를 몰아간다. 식문화의 다양한 의미를 미각의 차원으로 축소함으로써, 우리의 문화를 위축시키는 것이다.

키치|Kitsch를 묻는다

기회 있을 때마다 하는 말이지만, 예술을 '제대로' 감상하기 위해서는 필요한 지식들을 습득하고 관련 작품들을 감상하는 훈련을 지속적으로 해야 한다. 유홍준 선생의 책 『나의 문화유산 답사기』를 통해 대중들에게 널리 퍼진 '아는 만큼 보인다'라는 말이 문화재뿐 아니라 예술의 감상에서도 어김없이 통하는 까닭이다. 훌륭한 예술작품을 대하는 순간 섬광처럼 어떠한 감흥이 오리라 생각하는 것은, 저 옛날 낭만주의가 유포시킨 거짓말이다. 자전거 타기를 고생스럽게 배우고 난 뒤에야 자전거 타기를 즐길 수 있는 것처럼, 예술작품 또한 그것을 감상할 수 있는 안목을 기르기 위해 노력한 후에야 제대로 즐길 수 있다.

이러한 사실은 우리의 경험을 통해서도 어느 정도 확인된다. 클래식이 됐든 재즈가 됐든, 어떠한 음악을 즐겨 듣게 되기까지 우리가 '귀를 뚫기' 위해 얼마나 많은 시간을 투자해 왔는지를 떠올려 보면 좋겠다. 많은 사람들이 공유할 법한 이러한 경우가 다른 모든 예술작품들에도 마찬가지로 적용된다. 여행지의 미술관이나 박물관에서 그저 스쳐지나가며 보는 미술품들에서 별다른 감흥을 느끼지 못해 본 경험 또한 많은 사람들이 해 봤을 터인데, 이는 동일한 사태의 다른 측면을 보여주는 것이다. 아는 바가 없으면 느낄 것도 적어지는 것이다. 좀 더 엄밀히 말하자면, 정작 느껴야 할 바를 느끼지는 못하고 자기 수준에 맞게 편의대로 느끼고 말게 되기 마련이다.

예술작품을 감상하는 것이 아니라 예술작품을 보는 경험을 해 볼 요량이면 그것도 나쁠 것은 없다. 그저 시간을 때우는 일환으로 예술작품을 봐 본다 해도 텔레비전의 오락 프로그램에 시간을 쏟는 것보다 멋져 보이는 효과는 기대할 수 있고, 또 그렇게 시간을 보내다 보면 약간의 공부도 되고 간혹은 제대로 공부해 보고 싶은 마음을 갖게도 되므로, 어떻게 봐도 안 좋은 일이라 할 것은 못 된다.

하지만 썩 만족스러운 일이 못 됨은 분명하다. A를 대하되 A가 아니라 B를 생각하는 것에 다름 아니기 때문이다. 이렇게, 예술작품을 대하면서 그 작품이 말하는 바를 오롯이 받아들이(려)는 것이 아니라 그 작품을 핑계로 하여 다른 것을 보게 될 때, 이러한 예술작품 수용 방식을 키치(Kitsch)라고 한다.

키치라는 말은 원래 '예술작품을 모방한 저속한 물품'을 가리키는 말이다. '나쁜 예술(bad art)' 혹은 '예술 쓰레기'를 지칭하기도 하는데, 고결함과 성실성이 결여되었거나 감상적인 부르주아의 동경을 만족시켜 주는 그러한 예술적인 물품을 가리키기 위해 19세기 후반 뮌헨 미술 서클에서 비롯된 말이라 한다. 키치가 특정 대상을 지칭하기는 하되 키치로 분류되는 대상 자체가 끊임없이 바뀌기도 한다는 점에서, 키치를 이해하는 좋은 방법은 키치를 키치로 만드는 우리들의 자세를 주목하는 것이다. 이럴 때 키치란 '자기 향수(self-enjoyment)를 위해 환상을 창조하는 것'이라 할 수 있다(K. 해리스,『현대미술 –그 철학적 의미』).

달리 말하자면 키치적인 태도란, 첫사랑에 빠진 소녀가 사랑하는 연인이 아니라 오히려 지기가 사랑하고 있다는 그 정서 자체를 소중히 여기듯이, 욕구 대상이 아니라 욕구 자체에 관심을 두는 태도라고 할 수도 있다(조중걸,『키치, 우리들의 행복한 세계』). 예술작품이 말하는 바를 거리를 두고 탐색하며 음미하는 대신에 예술작품을 통해서 자기가 보고 싶어 하는 것을 보는 태도, 로맨스 영화를 보되 성애 장면에만 탐닉하는 경우에서처럼 예술작품을 보되 실상은 자신의 욕망을 볼 뿐인 태도가 키치인 것이다.

이러한 키치적인 태도가 우리 시대에 와서 크게 만연되고 있다. 한편으로는 문화와 소비 활동이 서로 겹쳐지게 된 상황에서 소비대상에 불과했던 사물이 문화의 담지자인 듯 되고, 한편으로는 키치적인 물품이 일련의 장식물로서 일상생활을 편안하고 여유롭게 만들어 주는 기능을 하게 되면서, 키치가 우리의 일상생활 깊숙이 침투하게 된 것이다(아브라함 몰르, 『키치란 무엇인가?』). 거실에 있는 다른 가구들과 전혀 어울리지 않으면서도 소장자의 만족이나 과시를 위해 놓인 골동품이나 그림 등처럼, 키치는 우리 주변에서 쉽게 찾아볼 수 있다. 다양한 방식으로 손쉽게 구할 수 있는 복제품이 넘쳐나게 되면서, 이제 키치란, 미(美)가 구매 및 판매 가능한 것이라는 우리 시대의 환상에 따른 일반적인 현상으로서 누구도 자유로울 수 없는 환경이 되었다 하겠다(M. 칼리니스쿠, 『모더니티의 다섯 얼굴』).

이상과 같은 키치적인 태도는 여러 면에서 문제적이다. 예술의 질적 저하와 관련된다는 점에서 예술 분야에서 심각한 문제임은 물론이되 그에 한정되지 않는다. 키치가 근본적으로 자기 과시 욕구에 따라 발생하는 것이고 자기기만의 심리적 메커니즘을 통해 존속된다는 점에서, 그것은 우리 시대 문화 일반의 문제이자 인간성의 문제이기도 하다. 대상이 예술작품에 한정되지 않고 현대 문화의 제 산물은 물론이요 타인인 경우에서조차 키치적인 태도가 만연되고 있다는 점에서, 이러한 문제의식이 예술 전문가들만의 것이어서는 안 된다.

사람들과 관계를 맺는 데 있어서 상대방 자체에 주목하기보다는 그와 내가 관계를 맺고 있다는 사실 자체를 중시하는 태도, 대상[타인]이 아니라 나의 욕망[높은 사교성 혹은 멋진 인맥]을 앞세우는 이러한 태도가 바람직하지 못한 것임은, 생각해 보면, 대부분의 사람들이 쉽게 동의할 것이다. 그렇지만, 페이스북과 같은 SNS가 맺어 주는 인간관계의 실상이 이와 별반 다르지 않음을 깨닫고 있었는가 자문할 때, 그렇다고 대답할 수 있는 사람이 많지 않은 것 또한 엄연한 사실이다. 바로 이러한 맥락에서, 키치적인 것에 대한 문제의식이 우리 모두에게 요청된다. 참된 인간관계의 발전과 공동체 문화의 향상을 염원하는 모두에게 말이다.

컴포넌트여 영원하라

두어 달 전에 이사를 했다. 대학에서 제공하는 숙소의 같은 동에서 두 층 위로 옮아간 것이니 이사다운(?) 이사는 아니지만, 태어나 말 배운 뒤 처음 집을 옮기는 중학생 딸애가 내내 소원으로 꼽았을 만큼 실로 오랜만의 이사였다. 딸애의 방을 그 또래 여자애 방답게 꾸며 아이의 기쁨을 크게 해 준 것을 포함하여, 벽지니 마루니 포함하여 인테리어를 어느 정도 고친 후 들게 되었다. 실로 바빠서 거의 손을 거들지 못한 내게 기댈 생각을 접고, 아내가 발품을 팔고 각각의 업자를 상대하는 갖은 고생을 하며 집을 그럴 듯하게 꾸며 내었다.

살림을 모두 옮기고 얼추 정리가 된 시점까지도 아내는, 일하는 중에 짬을 내어 스스로 시간과 에너지를 쏟아 부어 꾸민 집이건만, 그다지 행복해 하지 않았다. 무슨 이유인지 나도 본인도 콕 집어 낼 수는 없었지만, 여러 일에 치여 지내다시피 하는 남편이 새로 짜 넣은 책장의 책조차 정리를 하지 않을/못할 정도로 배돌았던 탓도 적지 않을 것이어서, 내 맘 또한 내내 편치 못했다. 그런 마음을 담아 그동안 수고했다며 꽃바구니 선물을 건넸을 때도 아내의 기쁨은 잠시뿐이었다.

그랬던 것이, 작은 물건을 하나 들여놓으면서 완전히 바뀌었다. 주방 싱크대의 한 곳에 소형 전자레인지 하나 정도 들어갈 크기의 수납공간이 비어 있었는데, 거기에다 앙증맞은 미니 컴포넌트를 하나 집어넣고 나서야 아내가 행복해 하게 되었다. 물론 컴포넌트 자체가 기쁨을 준 것은 아니다. 오랜 동안 그저 쟁여두다시피 했던 음악 시디들을 틀어 놓고 식탁에서 함께 식사도 하고 술도 한 잔 할 수 있게 되면서, 이사하기 정말 잘했다는 생각을 아내가 갖게 된 것이다.

아내가 즐거워하는 모습을 보면서 그 기쁨을 나눠 갖게 되기도 했지만, 딸애와 나도 그 작은 컴포넌트에 시디를 넣어 돌리면서 잊어버렸던 기쁨 하나를 새로 되찾게 되었다. 예전에 일 년간 미국 생활을 하면서 온 가족이 함께 즐겨 들었던 시디를 틀고는 각각의 곡에 묻어 있는 회상을 나누느라 이야기꽃을 활짝 피우게 된 것이다. 한동안 아내는 부엌에 있을 때마다 비틀즈를 틀어 놓았고, 나는 나대로 예전에 샀던 베토벤의 교향곡들을 귀에 담았다. 대부분의 경우는 로스트로포비치의 첼로 곡이나 조지 윈스턴 류의 경음악 혹은 잔잔한 영화음악 등을 생활의 배경음악으로 깔아 놓는다.

음악 감상이 취미인 사람들이야 여기까지 들으면 아무 특별할 것이 없는 일이라 할 수도 있겠지만 그렇지 않다. 이사하기를 잘했다며 우리 모두가 즐거워하는 근본적인 이유는 각자가 음악을 더 자주 듣게 되어서가 전혀 아니기 때문이다. 한가한 시간이면 이어폰을 귀에 넣고 지내는 딸애는 물론이고, 아내도 나도 저마다 음악 듣는 일이 적지는 않다. 나는 운전을 할 때마다 항상 KBS 제1 FM에 주파수를 고정시키고, 연구실에서도 가끔은 좋아하는 음악을 챙겨 듣는다. 나보다 운전하는 시간이 많은 아내도 비슷하다.

사정이 이러하니, 우리가 음악으로 해서 기뻐할 수 있게 된 데는 음악 자체가 아니라 다른 요인이 더 크게 작용했다고 하겠다. 그것은 바로, '가족이 함께' 음악을 듣게 된 사실이다. 스마트폰에 꽂은 이어폰으로 혼자 듣는 것이 아닌 음악 듣기, 컴퓨터에서 음원을 열어 혼자 듣는 것이 아닌 음악 듣기를, 저 작은 컴포넌트를 통해 새삼 경험하면서 우리 가족 모두 잊어버렸던 즐거움 하나를 찾은 것이다. 오로지 음악을 듣기 위해, 그것도 가족과 함께 음악을 듣기 위해, 컴포넌트를 켜고 시디를 찾아 넣는 데서부터 우리들의 기쁨과 즐거움이 생겨났다.

물론 우리 집에도 음악을 들을 수 있는 기기가 없지는 않았다. 플레이어와 컨트롤 리시버가 분리되어 있고 스피커의 출력도 웬만큼 되는 오디오 기기를 거실 한가운데에 갖춰 놓고 지내 왔다. 10여 년 전 포항에 내려올 때 새로 마련한 것인데, 처음 얼마간만 자주 들었을 뿐, 시나브로 안 틀게 되었을 뿐이다.

지금 생각해 보니 그리 된 가장 큰 이유는, 사실상 거실에서 음악을 듣는 것이 적절치 않기 때문이다. 아이가 제 방에서 공부를 한다든가, 아내가 주방에서 일을 하거나 침실에서 책 혹은 텔레비전을 볼 때, 혼자 거실에 앉아 음악을 들을 수는 없는 노릇이다. 주방에서 가족들이 함께 식사를 하며 듣겠다고 거실의 음악을 크게 트는 것도 요즘처럼 층간소음이 문제되는 때에는 당치 않은 일이다. 요컨대 요즘 시대에는 거실 자체가 음악 감상의 좋은 장소가 못 되었던 셈이다. 이를 다소 거창하게 말하자면, 컴퓨터와 인터넷, 스마트폰 때문에 거실에 가족들이 함께 모이는 일 자체가 드물어지게 된 문명사적인 변화의 한 결과라 하겠다.

이러한 상황에서 가족 구성원이 함께 보내는 시간이 가장 많은 곳은 식탁이 놓인 주방이 되었다. 바로 그러한 주방에다가 작은 컴포넌트를 들여 놓음으로써 '가족 구성원이 함께 하는 음악 감상'이 가능해진 것이고, 이를 통해 함께 음악을 듣는 즐거움을 누릴 수 있게 된 것이다. 요컨대 집을 멋지고 깔끔하게 새로 꾸몄어도 가족 구성원이 함께 즐기지 못했던 상황에서, 비용으로 쳐도 스마트폰의 1/4 정도밖에 안 되는 작은 컴포넌트 하나로 '동락(同樂)'의 즐거움을 누리게 됨으로써, 아내도 나도 그리고 딸애까지도 새삼스러운 행복을 느끼게 된 것이다. 저마다 떨어져서 듣는 음악이 아니라 함께 들으며 행복을 나누는 음악을 돌려 준 작은 컴포넌트에게 한없이 큰 고마움을 느낀다.

이 컴포넌트가 돌려준 것에는 가족의 행복만이 아니라 음악 자체도 포함된다. 본시 음악이란 사람들이 함께 즐기는 것이지 혼자 맛보는 것은 아니었다. 동양의 전통에서 음악이란 '아름다운 곡조'를 나타내는 음(音)과 '도덕적 의미가 전제된 위에서 연주와 춤이 포함되어 사람들을 화합시키는 기능을 하는' 악(樂)이 더해진 것으로서 자연스럽게 예(禮)와 합쳐져 '예악(禮樂)'을 이루기까지 했다(조남권·김종수 공역,『동양의 음악사상 악기(樂記)』). 서양의 경우 또한 근원이 다르지 않고, 오늘날 우리가 즐겨 듣는 서양음악 또한 궁정과 극장, 살롱, 공공 음악회 등을 통해 공적인 영역에서 발전한 것이다(이경희,『음악 청중의 사회사』).

이러한 점을 생각하면, PC의 등장에 따라 전동타자기가, 스마트폰의 보급에 따라 내비게이션은 사라졌어도 컴포넌트만큼은 명맥을 유지했으면 싶다. 몸은 함께 있되 각자 따로 노래를 부르는 노래방에서의 노래 부르기가 문화생활이기보다는 단순한 소비 활동에 가까운 것처럼, 스마트폰이나 PC를 통해 혼자 듣는 음악 또한 사회문화 활동으로서의 음악 감상과 거리가 먼 것임은 부정하기 어려운 까닭이다. 공공의 장에서 행해지는 음악이 여럿 있기는 해도, 가족이나 친구, 연인과 더불어 귀를 답답하게 하지 않으면서 제대로 된 사운드로 음악을 즐기는 문화가 좀 더 이어졌으면 좋겠다. 해서 마음속으로나마 뇌어 본다. 컴포넌트여 영원하라.

문학예술에 대한
환상과 진상

예술의 보편성에 대한 믿음은 실제 이상으로 널리 퍼져 있다. 밤 하늘의 별이 원래 빛을 발하는 것처럼 훌륭한 예술작품 또한 스스로 광채를 내는 것이라는 생각이 우리 모두의 마음에 드리워져 있다. 아름다운 작품은 누구에게나 아름답다는 상식적인 말이 그 뒤를 받쳐 준다. 참된 예술작품이란 시간과 공간의 한계를 넘는다고 칭송된다. 동서고금의 고전적인 작품들은 '인생은 짧고 예술은 길다'는 말 그대로 시간의 무게를 이기는 것이며, 전 세계 각 나라의 명작이 우리에게 다가오듯이 예술작품은 지역적인 한계도 알지 못한다고 여겨진다.

예술의 한 갈래인 문학 또한 마찬가지다. 고전으로 여겨지는 문학작품들은 동서양 여러 나라의 작품들을 망라하며, 시기적으로 보아도 인류 문명사 전체에 걸치는 양상을 보인다. 훌륭한 문학작품은 그 자체로 훌륭하기 때문에 훌륭한 것이지, 시대 상황이나 지역적인 특성 때문에 그렇게 간주되는 것은 아니라고 생각된다. 작품이 훌륭하기만 하다면, 언어의 문제에 구애받지 않는 한, 전 세계의 모든 사람들에게 사랑받을 수 있다고 여겨지는 것이다. 예술 일반과 더불어 문학 또한 이렇게 보편적인 것으로 상정된다.

하지만 실제는 그렇지 않다. 21세기 현재 전 세계를 지배하고 있는 문학을 보면 보편성 주장이 그럴 듯하게 생각될 수 있지만, 각 나라의 문학작품 고금의 문학작품들에 주목해 보면 그렇지 않음이 확인된다(다른 예술의 경우도 마찬가지다). 실제로 존재하는 것은 각 시대 각 지역 특유의 문화를 구성하는 일 요소로서 기능하는 다양한 문학 작품들뿐이라 할 수 있다. 서양 중세의 기사도문학과 우리나라 조선 시대의 영웅소설은 서로 다르다. 중국 청조의 무협소설이나 일본 중세의 군키모노가타리(軍記物語) 또한 같지 않다.

각 지역마다 각 시대마다 특유의 문학작품들이 있어 왔다는 역사적인 사실을, 이른바 고전이라고 불리는 혹은 세계문학으로 꼽히는 소수의 작품들이 가리고 있는 것이다. 이들 작품이 예술적으로 미학적으로 뛰어난 것은 물론이지만 이러한 사실이 이들 작품들만 뛰어나다는 것을 의미하지는 않는다. 미적인 뛰어남 외의 다른 요소가 개입하여 고전이라는 위상을 이들 작품에 부여하면서 이들을 중심으로 세계문학이라는 가상을 만들어 온 것이다.

이러한 사실은 두 가지 맥락으로 확인된다. 첫째는 '고전(classic)'

혹은 '세계문학'이라는 명칭의 유래이다. '고전'이라는 말은 원래 특정 예술을 가리키는 고유명사였다. 하이든, 모차르트, 베토벤이 대표하는 18세기 후반 빈의 음악세계를 가리키는 말로 쓰였다가(홍정수 외, 『두길 서양음악사』), 이후 대상을 넓게 하여 '훌륭한 예술' 일반을 가리키는 보통명사로 변화된 것이다. '세계문학'의 경우는 1820년대에 괴테에 의해 주창된 것인데 말의 뜻과 달리 서유럽 문학에 사실상 한정된 것이었다(John Pizer, *The Idea of World Literature*). 요컨대 두 용어 모두 그것이 현재 지니는 의미를 원래부터 갖고 있던 것은 아니었다.

고전이나 세계문학이 가상의 것이라는 점은 이들 개념이 가리키는 대상이 변화해 왔다는 사실에서도 확인된다. 과거와 현재의 이들 목록을 살펴보면 이러한 변화 양상을 쉽게 확인할 수 있다. 우리 시대에 새롭게 발표된 작품들 중에서 훌륭한 것이 새로 고전의 지위를 차지하게 되어 생기는 변화를 논외로 해도, 적지 않은 작품들이 시대에 따라 고전의 목록에서 지워지거나 다시 등재되거나 하는 양상을 보이는 것이다. 예를 들어 1979년판 정음사의 세계문학전집 목록을 보면 이제는 별로 주목받지 않는 『투사 삼손』이니 『여인의 전당』, 『여자의 일생』, 『협잡꾼 또마』 등을 찾아볼 수 있다. 한때 고전으로 여겨진 작품들이, 밤하늘의 별과는 달리, 불과 몇 십 년 만에 잊히기도 하는 것이다.

지금까지 살펴본 대로 고전이나 세계문학이 실상은 하나의 가상이어서 그 내용이 역사적으로 변화한다는 사실이 알려 주는 것은 무엇인가. 문학작품이 시공간적으로 제약된다는 것, 작품의 훌륭함과 의의를 파악하는 데 있어서 역사와 지리적인 경계가 의미 있게 작용한다는 것, 이상 두 가지다. 무릇 모든 문학작품들은 사실상 역사적인 존재이다. 시대의 변화에 따라 읽히고 평가되는 데 있어서 변화하기 마련이라는 말이다. 또한 모든 문학작품들은 넓게는 국경이나 문화권 좁게는 문학 장(field)과 관련된 사회 계층의 코드에 따라 달리 만들어지고 받아들여지며 다른 위상을 차지하게 된다는 뜻이다(삐에르 부르디외, 『구별짓기 - 문화와 취향의 사회학』).

문학과 예술의 기능에 주목하여 보면 앞서 말한 가상이 더욱 뚜렷해진다. 시공간적인 제약에 따라 그 형태가 정해지는 그러한 수동적인 면이 아니라 특정한 사회의 특정한 상태 속에서 바로 그 상태에 저항하는 주요 활동의 하나가 예술이요 문학의 본질에 가까운 까닭이다. 근대 사회에서 문학 특히 소설이 차지해 온 위상이 그러하다. 근원에 있어서 볼 때 문학은, 예술의 일원으로서 감성의 분할 체제에 따라 역사적으로 변화하는 한편(자크 랑시에르, 『감성의 분할』), 그에 그치지 않고, 치안 질서에 따른 정체성 부여에서 제외된 것들을 발명해 내어 질서를 교란하는 방식으로 '공동체 안에서 요소들의 무게와 가시성에 변화를 주는' 정치의 기능을 수행해 왔다(자크 랑시에르, 『정치적인 것의 가장자리에서』). 기성의 질서가 없는 듯이 해 온 것들에 말을 부여해 주는 불온한(!) 역할이야말로 진정한 문학의 역사적, 정치적 기능인 것이다.

문학예술의 보편성에 대한 믿음은 가상의 것이며, 역사적으로 볼때 그 자양분은 서구 제국주의의 세계 제패에 수반되었던 서양문화의 패권이다. 신자유주의가 횡행하는 오늘날에는 국경을 아랑곳하지 않는 자본 또한 가세하여, 보편적인(?) 문학예술과 더불어, 자본을 증식시키는 데 오롯이 복무하는 상업주의적인 문학과 예술을 대량으로 무차별적으로 살포하고 있다. 이렇게, 고전적인 세계문학과 전 세계를 대상으로 하는 대중문학이 할리우드 영화와 똑같은 방식으로 우리의 문화 향유를 글로벌화 하는 와중에, 앞서 설명한바 문학예술의 역사성과 정치적인 기능이 우리의 시야에서 가려지고 있다. 하루키 풍의 모방, 이식과 더불어 무국적화 양상을 강화해 온 1990년대 이래 우리 문학의 부흥(!)이 그러한 가려짐의 원인이자 결과이다.

문학의 세 가지 유형,
그 기능과 효과

　모든 예술이 그렇듯이 시나 소설 작품을 향유하는 데 있어서도 문학에 대한 어느 정도의 이해가 필요하다. 문학이란 예술의 특성에 대한 사전지식이 약간이라도 있어야, 감상의 폭과 깊이가 풍성해지면서 우리가 작품으로부터 얻는 바도 커지게 마련이다. 문학작품을 계속 다양하게 감상하다 보면 나름대로 깜냥이 생기는 것도 사실이지만 그러기에는 시간도 노력도 많이 든다. 보다 쉽고 편하게 즐길 수 있는 다양한 문화 산물이 넘쳐나는 현실에서 그러한 투자를 기대하기 어려운 것도 생각하지 않을 수 없다.

　문학에 대한 이해를 증진시키고자 할 때 문학이 무엇인지를 말하지 않을 수 없지만, 이 첫 단계가 사실 매우 어렵다. 어떠한 대상이든지 'A란 무엇이다'라는 형식으로 그 실체 혹은 본질을 규정하는 일은 무척 곤란하다. 대상이 자연의 소산이라 해도, 단 하나의 예외만 생겨도 잘못이 되기 때문이다. '까마귀란 (…) 까만 (…) 새이다'라는 규정을 두었는데 어느 날 돌연변이에 의해 하얀 까마귀가 생겨나면 문제가 된다. 인간의 산물이 대상이 되면 사태가 더욱 어려워진다. 이러한 경우, 대상에 해당되는 것들이 계속 생겨나면서 대상의 경계 자체가 모호해지는 문제가 더해지는 까닭이다.

문학을 규정하는 일이 곤란한 것은 바로 그러한 이유로 해서이다. '문학이란 어떠한 것이다'라는 식의 규정을 내세운다 할 때 어떤 일이 벌어지는가. 문학자도 예술가여서 세상에 유일무이한 작품 곧 문학에 대한 규정들에 갇히지 않는 작품을 쓰고자 하는 욕망을 갖게 마련이다. 따라서 어떤 작가가 그 꿈을 성취하게 되면, 그의 한 작품으로 인해 문학에 대한 규정 자체가 잘못된 것이 되고 만다. 해서 '문학이란 무엇이다'라는 식으로 문학을 규정하는 일은 실패가 예정된 작업이라고 하지 않을 수 없다.

이러한 문제를 피하는 좋은 방법은, 문학이 어떠한 기능을 해 왔는지, 하는지를 살피는 것이다. 고대 서양의 철학자 아리스토텔레스도 대상에 대한 이해에 있어 실체 규정적인 방법이 갖는 어려움을 피하기 위해 대상의 기능에 주목한 바 있다. 그에 따를 때 '만물의 근본적인 성격은 그들의 기능과 능력에서부터 나오는 것'이어서, 그 고유한 기능을 통해서만 정체(identity)를 파악할 수 있게 된다. 요컨대 어떠한 대상을 이해하는 올바른 방법은, 그것이 무엇을 하는지, 어떠한 영향과 효과를 낳는지를 주목하는 것 즉 그 '기능'을 파악하는 것이다(아리스토텔레스, 『정치학』).

문학을 이해하는 좋은 방법 또한 문학의 기능에 따라 그 유형을 나눠 보는 것이다. 이러한 자리에 설 때, 크게 세 가지 유형의 문학을 말해 볼 수 있다.

첫째 유형은 문학자가 자신을 지식인이라 여기며 '인간과 사회에 대한 진지한 탐구'로서 써 낸 문학작품들이다. 우리가 교과서에서 배우는 대부분의 작품들, 고전이라 불리는 작품의 상당수가 여기에 해당된다. 괴테나, 톨스토이와 같은 세계문학의 거장들에서 이광수나 염상섭, 최인훈, 조세희, 조정래, 박경리, 황석영 등 우리에게 익숙한 작가들의 작품들 대부분이 그 예가 된다. 이들은 인간의 자유를 신장하거나 사회를 발전시키는 데 일조하려는 목적으로 문학작품을 발표한다. 이러한 유형을 두고 '운동으로서의 문학'이라 할 수 있다.

둘째 유형은 미(美)를 추구하는 것을 목적으로 하는 예술가형 문인들의 작품이다. 이른바 예술지상주의 혹은 탐미주의, '예술을 위한 예술(art for art's sake)' 등에 해당되는 작품이 대표적인 예가 된다. 이러한 유형에 속하는 문인들은 '운동으로서의 문학'이 문학을 수단으로 만들었다고 비판하면서 자기 목적적인 순수 작품을 창작하고자 한다. 폴 발레리나 제임스 조이스, 토마스 만, 헤르만 헤세, 김동인, 이효석 등이 대표하는 이러한 유형을 '작품으로서의 문학'이라 하겠다.

셋째 유형은, 대중과의 소통과 만남을 지향하며 잘 팔리고 널리 읽히는 글을 쓰고자 하는 직업인의 윤리로 무장한 작가들의 작품으로 이루어진다. SF나 추리, 호러, 판타지, 무협, 연애 등의 장르문학 작품들, 좀 더 넓게는 대중문학 일반에 속하는 작품이 그 산물이다. 에드거 앨런 포나, 아이작 아시모프, 톨킨, 스티븐 킹, 조엔 롤링, 무라카미 하루키, 듀나, 이영도 등의 작가가 주요 예가 된다. 독자의 읽는 재미를 위해 쓰인 이러한 작품 유형을 '유흥으로서의 문학'이라 명명할 수 있다.

오해를 방지하기 위해 한 가지 덧붙일 것은, 어떠한 작품도 위의 세 가지 기능 및 효과 중에서 한 가지만 전적으로 발하지는 않는다는 사실이다. 대부분의 작품들이 세 가지 기능을 모두 하기는 하되, '주된 기능'으로 갈래를 잡아 보자면 위와 같은 세 부류로 나눠 볼 수 있다는 말이다. 어슐러 르 귄의 SF인 『빼앗긴 자들』이 냉전시대의 사회체제에 대한 나름의 탐구를 보이며 '운동으로서의 문학'적인 성격도 띠는 것이나, 제임스 조이스의 『젊은 예술가의 초상』이 아일랜드의 상황에 대한 탐구의 결과도 드러냄으로써 '작품으로서의 문학'적인 특성만 보이지는 않는 것, 조세희의 『난장이가 쏘아올린 작은 공』 또한 모더니즘 소설미학의 중요 성취를 보이며 '작품으로서의 문학'적인 성격을 갖추는 것 등, 예를 들자면 한이 없다.

요컨대 개별 작품을 두고 보자면 '인간과 사회에 대한 이해'나 '심미적인 쾌감', '읽는 재미'라는 세 가지를 모두 제공하되, 작품의 유형에 따라서 그 셋 중의 어느 하나에 중점을 두는 것이다. 따라서 어떤 작품을 감상할 때 바람직한 태도는, 그 세 기능 및 효과 중에서 무엇에 중점을 둔 작품인지를 파악하고 그에 맞게 즐기는 것이다. 대중문학을 두고 사뭇 진지하게 인간과 사회의 본성에 대해 무언가를 배우고자 한다거나, 예술가 소설을 읽으며 오락적인 즐거움을 바란다거나, 계몽소설을 놓고서 미적 쾌감을 얻고자 하면, 작품을 읽는 일이 고역이 되기 십상이다. '대상 작품의 특성에 적합한 감상 태도'를 적절히 취할 수 있을 때, 문학작품을 읽으며 우리가 얻는 바가 한층 풍요로워지게 된다. 문학의 세 가지 유형에 대한 이해가 우리의 문학 감상 활동을 풍요롭게 해 주리라 믿고 기대한다.

대중문학과 고전
소설 읽기의 두세 가지 풍경

소설 연구를 전공으로 하는 인문학자로서 나는 방학 기간을 이용해 그동안 못 읽은 작품들을 챙기곤 한다. 반 정도 넘긴 이번 여름방학 기간에는 이를 두 갈래로 진행하고 있다. 베스트셀러를 포함하여 상품성이 있는 대중소설을 읽는 한편, 그동안 마음에만 두고 손을 대지 못했던 고전 작품도 펼쳐 본 것이다.

대중문학으로서 재미있게 읽은 작품부터 꼽아 보면 장현도의 『골드 스캔들』이 첫손에 온다. 세계 금융시장을 지배하기 위해 금의 유통 물량을 조종하는 숨은 세력의 이야기이다. 경영학을 전공하고 금융 팩션(faction)을 써 왔다는 처음 보는 작가의 이야기에 흠뻑 빠져들어서 말 그대로 시간 가는 줄 모르고 단숨에 읽었다. 음모를 다루는 비슷한 소설 댄 브라운의 『다빈치 코드』보다 훨씬 흡인력이 있어서, 조만간 충무로나 할리우드에서 영화로 나올 법한 이야기라 하겠다.

출간된 지 1년쯤 된 김진명의 『싸드』도 보았다. 『무궁화 꽃이 피었습니다』 이래 그의 소설에는 손을 대지 않다가, 대중문학을 강의하는 데 필요하기도 하고 '싸드(THAAD)' 문제에 관심도 있어서 펼쳐 보았다. 문제의식이 주목을 끌고 전체적으로 스릴 있게 잘 읽히는 편이다. 주인공의 설정이 자연스럽지 않아 거북하고 결말부가 황당하여 불쾌한 감이 없지 않지만, 그냥 '김진명 표' 대중소설임을 재차 확인한 것이 소득이라면 소득이었다.

이들의 반대편에서 세계문학사에서 꼽는 고전들에도 손을 댔다. 문학 전공자로서 아직 안 읽어 봤다는 사실이 부끄럽기도 한 작품들을 건드리고 있는 것인데, 단테의 『신곡』과 제임스 조이스의 『율리시스』가 그것이다.

『율리시스』는 사 둔 지 오래여서 내내 마음을 불편하게 했던 작품인데, 펼치면 B4가 되는 46배판 크기에 무려 1,323쪽(인터넷 서점에서 확인해 보니 무게만도 2.7kg이나 된다!)이나 되어 도저히 시간을 내어 읽을 엄두를 못 내던 책이었다. 들고 다니며 읽을 수 없다는 점이 핑계거리도 되어 여태 읽지 않았던 것인데, 1930년대 한국 모더니즘소설에 대한 긴 호흡의 연구를 준비하면서 드디어 펼치게 되었다. 전문가의 눈에 따른 것이겠지만 '의식의 흐름' 기법을 뚜렷이 느낄 수 있어서, 예상보다 훨씬 더 재미있다. 아직 1/4 정도밖에 보지 못했는데 개학 전에 마치자고 다짐 중이다.

고전 중의 고전으로 꼽히는 단테의 『신곡』은 이삼일 전에 책을 구입해서 읽기 시작했다. 솔직히 책을 읽는 재미가 크지는 않다. 그보다는 저명한 낭만주의 시인인 윌리엄 블레이크가 그려 넣은 수많은 삽화들, 현대의 웬만한 일러스트보다 한층 모던한 그림에 눈길이 간다. 기본적으로 가톨릭의 세계관 위에 놓여 있는 것이어서 종교가 없는 내가 읽기에 편치 않은 작품인데다, 심심찮게 나오는 단테의 자화자찬에 눈살을 찌푸리게 되는 까닭이리라. 그럼에도, 신화에서부터 단테 당대에 이르는 다양한 인물들의 삶을 보는 즐거움이 적지 않다.

글의 흐름상 소설을 소개하는 성격을 부정할 수 없는 터이므로, 위의 양 갈래 외에 방학 기간 중 읽은 추천할 만한 작품들을 몇 편 더 꼽아 둔다.

장강명의 『한국이 싫어서』는 시쳇말로 '강추' 대상 작품이다. 경쟁이 당연한 것으로 여겨지고 거기서 승리하는 자만이 인정받는 우리 사회의 실상을 한걸음 바깥에 선 인물의 시선으로 멋지게 포착하고 있다. '자산성 행복'과 '현금 흐름성 행복'이라는 행복의 두 가지 종류에 대한 통찰도 값지다.

1980년 광주에서 연원하는 고통과 죄, 슬픔의 문제를 깊이 천착해 온 자신의 작품 세계에 하나의 매듭을 짓는 정찬의 『길, 저쪽』도 추천해 본다. 진지한 본격문학의 소설이 얼마나 감동적일 수 있는지, 긴 호흡의 작가의 사유가 가까운 과거로부터 이어지는 우리의 삶을 깊이 돌아보는 데 얼마나 큰 힘이 되는지를 새삼 일깨우면서, 우리가 돌봐야 하는 것이 일신의 안녕만이 아니라 사회와 역사에 미쳐 있(어야 한)다는 점을 보여 주는 좋은 작품이다.

이상이 연구가 아닌 취미 맥락에서 내가 방학 기간에 읽은 주요 소설들이다. 대중문학과 고전을 양 끝으로 하고, 이른바 본격문학이 가운데 놓인 형국인데, 나는, 이러한 폭을 갖추고 소설을 읽는 것이 좋고도 필요하다고 본다. 차이를 인정하며 다양성을 유지하는 일이 필요한 것은, 문화 전반에서뿐만이 아니라 한 개인의 문화생활에서도 마찬가지라고 나는 믿는다. 바로 그러할 때 문화(생활)의 특징인 풍요로움이 한층 더해지는 까닭이다.

고전(classic)이란, 새삼 설명할 필요도 없이, 인류의 문화유산 중 순금 같은 부분에 해당하는 작품이다. '다들 훌륭하다고 말하지만 아무도 읽지 않는 작품'이 된 감이 있지만, 고전적인 작품들에는 인간 삶의 본성과 인간 사회의 보편성에 대한 통찰이 담겨 있다. 인간적인 품격을 완전히 잃기 전에, 우리 모두 접해 보아야 한다고 나는 믿는다.

대중문학도 멀리할 것이 아니다. 우리 모두가 갖고 있는 '유희적 인간(homo ludens)'의 본성에 따르는 것이면서, 순간적이고 중독성 강한 현대의 오락물들보다는 훨씬 호흡이 길고 능동적인 즐거움을 주는 까닭이다.

이들 가운데에 폭넓게 펼쳐져 있는 다양한 소설들도 두루 읽을 만하다. 때로는 즐거움을 때로는 통찰을 때로는 지식과 지혜를 거기서 얻을 수 있다. 두 시간이면 끝나는 영화 한 편 보는 가격으로, 짧아도 이삼일 동안 '읽는 즐거움'을 누릴 수 있다는 효율성(!)도 소설 읽기의 장점이라 하면 망발일까.

문학의 표절과
우리의 과거

국민 작가의 한 명이라 할 만한 소설가 신경숙의 표절 문제로 여론이 시끄럽다. 국민 모두를 공포로 몰아넣은 메르스 사태와 성완종 사태, 말도 많고 탈도 많은 총리 인선 문제, 국회법 개정안에 대한 대통령의 거부권 행사 여부 등과 같은 굵직한 사회 문제들이 산적한 상황에서, 문학이 이슈가 되었다.

노벨문학상 수상 소식 같은 것이 아니라 표절 문제여서 대단히 유감이지만, 인문학의 터전이 훼손된 지 오래인 시대에 인문학의 한 축인 문학이 세간의 관심을 끄는 것만큼은 나쁘게 볼 일만도 아니지 싶다. 앞으로의 처리가 지혜롭게 신속하게 이루어진다면, 긴 안목으로 볼 때, 인문학의 소생에 의미 있게 기여한 사건이 될 수도 없지 않기 때문이다.

해당 작가를 포함하여 사실상 표절을 부정하는 논자도 없지는 않지만, 언론에 공개된 부분만 봐도 표절인 것은 분명하다.

문학작품의 효과가 한두 문장이나 문단에 오롯이 좌우되지는 않는 법이라는 것은 문학에 대한 기초적인 지식을 갖춘 사람이라면 누구나 알겠지만, 설령 작품의 효과가 다르다고 해서 작품 일부의 표절 사실이 문제될 수 없는 것은 아니다.

물론, 문학예술 작품의 경우를 두고도, 다른 텍스트들에서처럼 '연속된 단어 여섯 개의 일치' 정도로 표절 여부를 따질 수 있는가 하는 문제 제기는 가능하다. 패러디나 풍자, 페스티쉬, 오마주 등 문학예술의 창작에서는 일반인들에게 표절과 유사해 보일 수도 있는 창작 방법이 있고, 문학예술의 역시가 보여주듯 그도 저도 아닌 아류작들은 또 아류작으로서 나름대로 존재 근거를 가지는 까닭이다.

그러나 유감스럽게도 현재의 사례는, 이 모든 경우와 다르다. 작품 효과 면에서든 창작 방법 면에서든 이해해 줄 여지가 없는 엄연한 표절이기 때문이다. 사정이 이러하므로, 작가의 사죄 표명과 출판사의 상응하는 조치가 즉각 있어야 했다.

주지하듯이, 문제가 커진 것은 이 국면에서였다. 신경숙은 사죄의 말 대신에 사실관계의 부인과 '유체이탈' 식의 모호한 변명의 메시지를 '출판사를 통해'(!) 내놓았고, 한 세대 이상 동안 수많은 지식인의 정신적 지주 역할을 해 왔던 창비의 첫 반응은 거기에 더하여 현학적이고도 권위적인 해석으로 그녀를 변호하는 것이었다. 이로써 사태는 돌이키기 어려운 지경으로 내달렸다. '문학 권력' 문제가 불거지고, 급기야 검찰 고발 사태로까지 이어진 것이다.

검찰 수사에 대해서는, 문단 내부의 자정 노력이 필요하다는 입장에서, 처음 문제를 제기한 문인을 위시하여 상당수가 부정적인 반응을 보이고 있는데, 이러한 반응 또한 문제적이다. 문단이 '이 사회에서' 어떠한 권력도 지닌 것이 아닐진대, 만사를 제멋대로 하려는 정치인들조차 피해가기 어려운 표절 문제를 소설가는 피해갈 수 있다는 식으로 받아들여질 수밖에 없는 이러한 발상이 어떻게 나오는지 이해할 수 없다…….

표현의 자유에 대한 억압이라면 검찰이 아니라 법 자체에 대해서라도 저항해야 마땅한 일이지만(여기서 굳이 헨리 데이빗 소로의 「시민의 불복종」을 끌어들어야 할까?), 표절이 문제라면 그가 누구든 어디서 작품을 내놓았든 상관없이 잘못은 잘못이므로 검찰이 다가오는 것 자체를 막을 수는 없는 까닭이다. 출판사의 조치만 있다면 고소를 취하하겠다는 표명이 있었으므로 이 글이 게재될 때는 이미 사태가 해결되어 있기를 바랄 뿐이다.

물론 사법적인 접근과 무관하게, 문단 차원의 문인들 사이의 자정 노력이 필요함은 두말할 것도 없는 일이다. 문화연대와 한국작가회의가 앞장을 서서 관련 토론회를 개최하는 것도 이런 면에서 바람직한 일이다. 출판사도 동일한 취지의 자리를 가지겠다 했으니 그 또한 기대할 만하다.

여기서 한 가지, 주의를 환기시키고 싶은 사실이 있다. 문제가 된 작품의 발표 시기가 1995년이라는 사실이다. 지금으로부터 근 20년 전의 일인데, 그 당시 우리 사회에 표절에 대한 문제의식이 어느 정도였는지 만큼은 고려해 봐야 한다고 생각한다.

저작권을 실질적으로 침해하는 단적인 사례라 할 책의 무단 복사가 1990년대 내내 횡행했던 것이 기억에 생생하다. 지금 기준에서 보면 부끄러운 일임은 분명하지만, 설령 가능하다 하더라도 그때의 불법 서적 복사 사례들을 찾아 응징할 일은 아니라 할 것이다. 이와 유사한 맥락에서, 1990년대 중반의 표절 사례를 두고 마녀 사냥을 하듯이 몰아가는 것도 적절치만은 않다 할 수 있다.

우리나라에서 저작권 제도가 처음 시행된 것은 1957년이라지만, 청문회가 처음 도입된 것은 아마도 1988년이고 사회 지도층의 표절이 청문회에서 문제된 것도 오래되지는 않았다. 그만큼 '표절이 문제라는 의식'이 형성된 것 자체가 아마도 1990년대 말 혹은 빨라야 중반 정도부터라 할 수 있는 것이다.

이러한 사실을 환기해 보는 것이 신경숙의 잘못을 두둔하려는 것은 전혀 아니다. 그녀는 자신의 지위에 걸맞은 대가를 치러야 하며, 이제는 치르게 될 것이라 믿는다.

우리의 기억을 되살려 본 취지는, 현재 우리의 사고와 자세를 성찰함으로써 이 사태를 지혜롭게 풀어가자는 뜻에서이다. 예컨대 단지 우리가 후대에 태어났다는 이점에 기대어 친일파의 잘못을 기록하는 데 그치지 않고 그 후손들을 징치하고자 한다면 잘못인 것처럼, '우리의' 과거와 그로부터 이어진 현재에 대해 잘못을 저지르는 우는 피하자는 것이다. 바로 이러한 맥락에서, 해당 작품이 실린 책에 대한 출판사의 적절한 조치로, '문학 권력' 운운의 논의가 그 자체로 커져가는 일이 없게 되기를 바란다. 문단에 문제가 있다면 상업주의이지 권력은 아니지 않은가!

노벨문학상과 베스트셀러,
그리고 표절

세상의 이목을 끈 소설가 신경숙이 표절 사건과 관련해서 주목해 보고 싶은 대목이 하나 있다. 이러한 문제가 생기게 된 원인 혹은 배경 가운데 하나로, 노벨문학상을 받을 만한 대표 작가가 한 명 정도는 있어야 된다는 생각에서 문단이 그녀를 비호해 왔다는 지적이 제기되었던 사실이다. 요컨대 노벨문학상을 바라는 풍토가 이러한 문제의 한 가지 요인이 되었다는 것이다.

문단의 말석을 차지한 채 25년 정도 한국문학을 연구하고 가르쳐 온 입장에서 볼 때, '문단 권력'이나 '상업주의' 등보다 이 말이 훨씬 충격적이었다. 내가 놀란 것은 그러한 지적이 허황된 것은 아니리라는 판단에서이다.

앞의 진단을 일반화해 보자면 다음과 같다. 노벨문학상 수상 작가를 배출하기 위해서는 가능성이 보이는 작가를 문학계가 떠워 주어야 하며, 그의 명성에 흠이 갈 만한 사항이라면 그것이 불거지지 않게 할 필요가 있다는 것이다.

이것이 말이 되는가. 전혀 그렇지 않다. 전체적으로 보아 말이 되지 않는다는 것은 누구라도 알 수 있으니, 이에 대해서는 아까운 지면을 쓰지 않는다. 여기에서는 앞의 판단 곧 '노벨문학상 수상을 위해 문학계가 가능성이 보이는 작가를 키워야 한다'는 생각에 대해서만 이야기해 본다.

이러한 발상은 세 가지 점에서 문제적이다.

첫째로 지적할 것은 노벨문학상에 대한 태도상의 문제이다. 노벨문학상이 있을 때도 되었다는 생각, 한국 작가가 노벨문학상을 탈 때가 되었다는 바람, 일본은 두 번이나 탔고 중국도 노벨문학상 수상 작가를 배출했으니 우리나라도 노벨문학상을 꼭 가져야 한다는 강박 등이 모두 문제적이다. 어떠한 논리를 갖다 붙이더라도 이는 '상을 타기 위해 문학을 한다'는 말이 아니기 어려운데, 이러한 말이야말로 상품과 자본의 논리, 시장의 질서를 반성해 온 문학 정신과는 어울릴 수 없는 까닭이다.

노벨문학상이 꼭 있어야 하는가? 그렇지 않다. 노벨문학상 수여 현황이 보여주는 문학 외적인 요인을 생각하면 더욱 그렇다. 1901년 처음 시행된 이후의 수상자 국적을 보면 서구가 아닌 나라의 문인이 상을 받은 경우는 불과 10여 차례밖에 되지 않는다. 이렇게 114년 동안 112명을 배출하면서 서구인들이 100회 가까이를 독식한 상이라면, 수상 작가 선정 기준을 의심하는 일을 먼저 해야 마땅한 일이다. 적어도 노벨문학상 수상에 연연할 일은 전혀 아니라고 할 수 있다.

물론 우리나라에서 노벨문학상 수상 작가가 나온다면 좋은 일이라는 점이야 부정할 것이 아니다. 이런 면에서 볼 때 그 방법이 잘못되었다는 것을 둘째 문제로 꼽을 만하다. 노벨문학상은 문학계의 사람들이 특정 작가를 띄워 주는 방식으로 기대할 수 있는 것이 아니다. 올림픽에서 금메달을 따려고 준비하듯 경쟁을 통해 누구를 발굴하고 그를 키워 주고 해서 될 일은 전혀 아니라는 말이다. 문학예술 작품의 빼어남과 가치는 운동선수의 역량처럼 비교를 통해 측정될 수 있는 것도 혹은 경매의 낙찰가로 매겨질 수 있는 것도 아니기 때문이다. 이 사실을 누구보다 잘 알고 있을 문학전문가들이 '비문학적인 발상'을 했다는 것이 믿기지 않는다.

노벨문학상은 따라오는 것이어야 한다. 훌륭한 우리 문인의 작품이 국제적으로 널리 알려져 진가를 인정받게 되면 자연스럽게 수상자가 나올 것이다. 따라서 한국 문단 차원에서 문인들이 할 일은, 한편에서는 좋은 작품을 열심히 쓰고, 다른 한편에서는 다양한 작품들의 특징과 경향을 엄정하게 논하는 것뿐이다. 여력이 있다면 외국 문인들과의 교류를 마다할 이유가 없지만, 그것이 앞설 수는 없다. 요컨대 '문단'이 '문학적으로' 할 일은 거의 없다고 할 수 있다.

물론 '문학 외적으로' 할 수 있고 해야 마땅한 일들은 많다. 노벨문학상 수상을 목표로 하는 것이 아니라, 전 세계에 우리 문학과 문화를 알려 세계 문화의 발전에 이바지한다는 맥락에서 그러하다. 한국 문화에 대해 한국의 보통사람들보다 훨씬 깊이 있는 이해를 보이는 임마누엘 페스트라이쉬 교수의 말대로, 우리 문화의 '전통'과 '깊이'를 외국에 적극적으로 홍보하는 일, 한국의 문학 고전이 갖는 매력을 해외에 알리는 일에 문학 관계자들은 물론이요 정부까지 적극 나설 필요가 있다. 다양한 방면에서 이러한 노력이 지속되어 한국문화의 도도한 저력을 외국인들이 알게 될 때, 바로 그러할 때에야 노벨문학상도 따라올 것이다(『한국인만 모르는 다른 대한민국』).

이러한 사실을 생각하면, 문단에서 누구를 띄워 노벨문학상을 기대해 본다거나 한두 작가를 내세워 한국 문학을 해외에 알리자는 발상은 전혀 문학적이지 못한 한심한 생각에 그치는 것이 아니라, 무언가 감추고 싶은 사실을 은폐하는 변명 정도에 불과한 것이 아닌가 의심된다. 문학적이지 않은 다른 목적이 있다는 혐의를 지울 수 없다는 점, 이것이 셋째 문제이다.

터놓고 말하자면, 상업주의적인 욕망을 가리는 방식으로 그러한 이야기가 떠돌게 된 측면이 있다고 하겠다. 예를 들어 하루키의 소설 번역본이 나올 때마다 책의 띠지를 장식했던 노벨문학상 운운의 문구들을 떠올려 보면, 한국 문학계에서 '노벨문학상'이라는 '카피'로 소비자를 유인해 온 적이 없다고는 할 수 없다. 베스트셀러를 만들어 돈을 벌고자 하는 기획의 일환으로 노벨문학상을 운위하는 것이야말로, 문학예술의 장에서 자본의 가장 적나라한 대리인으로 행동하는 것에 다름 아니다. 베스트셀러를 만들기 위해 행해지기도 했던 더 추악한 사실들을 거론하지 않더라도, 베스트셀러를 지향하는 자체가 문단의 한 모습이라는 사실이 부끄럽다. 표절 문제를 계기로 바로 이러한 태도를 반성할 필요가 있다.

4부

한국 사회의
현재와 과거,
그리고 미래

포기하는 세대를 위한 기억

아파트의 빛과 그림자

'중독의 시대' 넘어서기

세월호 사태를 두고 무엇을 물을 것인가

메르스 사태를 맞아 우리가 해야 할 일

망각의 병과 이야기의 힘

SNS 언어의 SOS

광복 70주년에 돌이켜 보는 경주 최 부잣집 이야기

대중사회에서의 민주주의를 위하여

역사교과서 국정화 논란에서 주목할 것

교수 없는 대학 사회

포기하는 세대를 위한 기억

근래 내 가슴을 정말 아프게 한 말이 있다. '7포 세대'가 그것이다. '7포'란 일곱 가지를 포기한다는 것으로, '3포'와 '5포'가 진화(?)한 것이다.

'3포 세대'가 포기하는 것이 연애와 결혼, 출산임은 웬만한 사람들은 다 안다. 우리나라의 출산율이 전 세계에서 제일 낮은 편에 속하기는 오래된 사실이니, 이 중 '1포'는 뿌리 깊은 문제라 하겠다. 여기에 더하여, 청년 실업 문제가 심해지면서 젊은 세대가 결혼과 연애까지도 엄두를 내지 못하게 되었다는 것이다. 연애가 가족을 꾸리는 기초요, 가족이 출산의 합법적 장치이며, 출산이야말로 사회의 유지, 발전에 꼭 필요한 일이라는 점을 따지지 않더라도, '3포 세대'의 출현이 심각한 문제라는 것을 누가 부정할까 싶다.

'5포 세대'란 위의 세 가지에 더해서 취업과 내 집 마련까지도 포기한 세대라는 말이다. 대도시에 살 경우 '번듯한' 직장이 있어도 집을 마련하는 것이 매우 어렵다는 것은 출산 기피 현상보다도 더 오래된 사실이다. 요즘에는 전세가가 매매가에 육박하기까지 하니, 문제의 심각성이 이만저만이 아니다. 사태는 여기에 그치지 않는다. '5포'의 나머지 한 가지가 '취업 포기'이고, 여기에 더해져 '7포'를 채우는 것이 바로 '꿈 포기', '인간관계 포기'라니, 개개인의 행복은 물론이요 사회의 안녕이란 점에서 이보다 더 위험한 상황이 어디 있겠나 싶다.

청년층의 취업 포기 문제는 수치로 헤아릴 수 있는 것이 아니다. 2015년 기준 공식 실업률은 3.8%라지만 잠재 구직자를 고려한 체감 실업률은 11.9%에 이르며, 청년 실업률은 공식 통계에서도 9%에 달하고 있다. 2015년 1월 기준 잠재 구직자 186만여 명 중 청년층이 31.8%를 차지하고 이 중 44.4%가 대졸자라 하니, 문제의 실상이 매우 심각하다는 점을 부정할 수 없다. 청년층의 취업 포기는 바로 이러한 열악한 상황에서 어쩔 수 없이 생겨난 것이다. 이들을 두고 '취업 연령대이면서도 교육이나 직업 훈련을 받지 않고, 일을 하지도 않는다'(NEET:Not in Employment, Education or Training) 하여 니트족이라 하는데, 이름이 주는 상큼함이 실제의 처절함을 반어적으로 강화하는 경우다.

니트족의 등장만으로도 기성세대의 한 명으로서 마음이 편치 않은데, 포기 항목에 '꿈'과 '인간관계'까지 넣은 '7포 세대'가 운위되는 데 이르니 가슴이 아프지 않을 도리가 없다. 평균수명이 80을 훌쩍 넘기는 사회에서, 살아갈 날이 살아온 날의 세 배 가까이나 남은 젊은이들이 미래에 대한 꿈을 포기하다니! 그럴 수밖에 없다니……, 가슴이 막막하다. 미래 전망의 부재가 그들 각각을 저마다의 방에 틀어박히게 하고, 컴퓨터나 스마트폰의 작은 화면만이 세상의 전부인 양 주변과의 소통마저 끊게 만든다니, 무어라 건넬 한마디 말조차 생각해 내기 어렵다.

젊은이들을 '7포 세대'로 내몰고 있는 이 사회에서 기성세대로 사는 우리에게 남은 것은 무엇인가. 우리 세대도 젊었을 때는 힘들었다는 점을 들면서, '사는 게 다 그런 거'라고, 한편으로는 위로하고 한편으로는 격려하며 할 도리를 다했다고 할 것인가. 내 자식만은 미래를 포기하지 않고 연애도 잘하기를 바라며, 소시민적인 가족 이기주의를 유지할 수 있을 만큼만 노력할 것인가.

세상의 어지러움이 커지면 내 가족의 안녕도 보장되지 않는다는 것은, IMF 사태와 그 이후의 경제 상황을 통해 이제 우리들 대개가 잘 알게 되었다. 우리도 고생할 만큼 고생했다며, 어느 시대나 사는 게 녹록치 않으니 더 노력하라는 식의 조언(?)을 주는 것이란, 현재의 구체적인 문제를 그릇된 일반화를 통해 없는 듯이 함으로써 실상은 스스로의 양심을 가리는 낯간지러운 자기기만에 불과하다는 사실도, 생각해 보면 깨닫기 어렵지 않다. 연민이나 동정을 표하는 것 또한 충분치 않다. 연민 혹은 동정이란, 책임을 다하지 못했다는 수치심을 느끼는 대신에, 문제 상황이나 그 원인과 자신은 무관하다는 믿음을 조장하는 자기기만적인 심리일 뿐이다. 니체의 말대로, 모든 고통에 대해 증오를 느끼지만 실상은 고통을 방관할 뿐이면서도, 스스로를 도덕적이라고 생각하게 해 주는 기만적인 요소가 연민과 동정의 실상이기도 한 것이다(『선악의 피안』). 어렵게 생각할 것 없이, 청년기의 자식을 둔 부모의 입장에 서 보기만 해도, 우리에게 주어진 것이 연민이나 동정일 수 없음이 분명해진다.

자, 그러니 무엇을 할 것인가. 인문학과 인문 정신의 견지에서 보자면, 앞서 거론한 문제들이 모두 인간의 문제라는 점을 명확히 하는 것이 중요하다. 사회도 정치도 경제도 모두 인간의 일이라는 점을 항상 잊지 않는 것이 필요하다. 이러한 자리에 서면, 무슨 말인가를 한다 해도, '7포 세대'에게 건넬 것이 아니라 청년들을 '7포 세대'로 내모는 사회를 대상으로 해야 한다는 점이 뚜렷해진다. 우리가 그 일원인 이 사회가, 한국사회의 미래를 짊어질 젊은이들을 무기력하게 만들지 못하도록, 사회의 메커니즘이 바로 그렇게 개선되도록 말을 해야 한다. 구체적으로 말하자면, 우리 시대의 이상인 민주주의가 형식적인 데 그치지 않고 실질적으로 기능할 수 있도록, 사회 공동체와 미래를 생각하며 주권자로서 행동할 수 있는 능력을 기르는 것이 중요하다.

사회에 대해 제대로 말을 하는 이러한 능력은 어떻게 생기는가. 기억에서 획득된다. 문제를 문제로 인정하고 그것을 언제나 잊지 않으며, 그러한 문제를 해결하겠다고 우리의 대표인 위정자들이 내세운 약속들을 기억하는 데서 획득된다. 한국전쟁과 산업화·민주화의 고난을 잊지 말아야 하듯이, IMF와 세월호를 잊을 수 없듯이, '7포 세대'로 내몰리는 젊은이들을 기억해야 한다. 이러한 기억을 생생히 유지하면서 우리 각자가 주권자로서 시민으로서 행동할 때, 사회의 안녕과 미래를 위한 기성세대의 책임을 감당할 수 있게 된다. 바로 이러한 의미에서, 과거와 현재에 대한 기억만이 우리의 미래를 구원하는 힘이라 하겠다.

아파트의 빛과 그림자

　지방 소도시에 살면서 한 달에 한두 번 서울을 다녀오면, 대도시의 삶이야말로 사람을 피폐하게 한다는 느낌을 지울 수 없다. 붐비는 인파에 치이고 빽빽한 아파트에 시야를 가로막히다 내려오면 지방에 살게 되어 행복하다는 심정까지 든다. 서울을 가득 채운 아파트가 강제하는 비인간화에 생각이 미치면 그러한 느낌, 심정이 한층 더해진다.

　아파트는 현재 한국 사회의 대표적인 주거 형식이다. 2010년 기준 전국 주택 중 아파트가 차지하는 비중이 59.0%이고, 광주와 대전, 울산 등지는 70%를 상회하고 있다. 아파트의 비중이 지속적으로 상승해 왔음을 고려하면, 2015년 현재는 전국적으로 70%를 훌쩍 넘기리라고 추정해 볼 수 있다.

　아파트가 이렇게 늘어나는 데는 여러 요인이 있을 것이다. 인구

밀도가 높은 우리나라에서 용적률을 획기적으로 높일 수 있고, 전기나 가스, 상하수도 등 주거 인프라를 효율적으로 구축할 수 있다는 경제성이 무엇보다 큰 요인이 된다. 개개인의 심리 면에서 보자면, 도시의 중산층으로 산다는 만족감을 갖게 한다는 점도 절대 빼놓을 수 없는 사항이다. '하우스 푸어'가 회자되는 현상이야말로 번듯한 아파트에 살아야 한다는 심리가 얼마나 널리 퍼져 있는지를 잘 알려 준다.

거주 공간으로서 아파트가 갖는 기본적인 장점 또한 빼놓을 수 없음은 물론이다. 아파트 생활은 신속성과 편의성을 보장해 준다. 근린생활시설이 잘 갖추어져 있고 가사노동을 포함한 일상생활을 편히 할 수 있다는 사실이 이를 증명한다. 이러한 점은 1936년의 한 신문 기사에서 이미 '간이(簡易)와 스피드를 생명으로 하는 아파트' 운운했던 데서도 확인된다(『조선일보』, 1936.2.2). 아파트 내에 놀이터와 경로당은 물론이요 운동 공간까지도 마련되어 있고, 주차 문제로부터도 자유롭게 된다는 점에서, 아파트야말로 일반 시민들의 이상적인 주거 형식이라 할 만하다.

그러나 이러한 경제성이나 편리함에 현혹되어 아파트가 강제하는 문제들을 지나쳐서는 안 된다. 가장 심각한 문제는 획일성이다. 우리나라의 경우 거의 대부분의 아파트가 외형이 동일한 것은 물론이요 내부의 구조까지 한결같아서, 침대나 냉장고, 텔레비전, 소파 등 대부분의 가정이 구비하게 마련인 가재도구들 또한 거의 같은 위치에 놓이게 된다. 가재도구의 위치가 사실상 정해져 있는 셈인데, 이 것이 문제적인 것은, 그 결과로 아파트에 사는 사람들의 동선(動線) 또한 획일화되어 생활의 패턴 혹은 리듬에 있어서 개성적일 여지가 심각하게 축소되는 까닭이다. 이렇게 거주자가 자신만의 생활을 윤색할 여지가 제한되어 있다는 점에서, 아파트는 사람들의 삶의 형태를 단일화, 동질화하며 개성을 용인하지 않는 주거 형태라고 할 수 있다.

아파트 거주자들의 삶의 패턴이 동질적으로 된다고 해서 그들 간에 공동체적인 유대가 생기는 것은 전혀 아니라는 점이 문제를 좀 더 심각하게 한다. 구조적으로 볼 때 아파트 속의 개별 가구들은 서로서로 고립된 섬이다. 현관문 하나만 잠그면 각각의 아파트는 세상으로부터 완전히 절연된다. 삶의 형태를 동질화하는 방식으로 개인을 없애면서 동시에 서로를 소외시키는, 이러한 기막힌 메커니즘이 바로 아파트의 구조에서 성취된다.

더 나아가 아파트는 가족 구성원들까지도 분리시킨다. 아파트 내의 방문들은 서로 다른 곳을 향하고 있으며 심지어는 복도를 맞대면하기까지 한다. 아파트의 거실은 벽으로 이루어져 있을 뿐 문을 달고있지 않다. 모든 방문들이 대청마루나 봉당을 향하고 있는 전통가옥은 아니더라도, 현관 마루를 가운데로 하여 방과 주방 등이 둥그렇게 돌려지게 마련인 대부분의 주택 구조와 비교해 볼 때, 이는 특기할 만한 사실이다. 아파트의 이런 구조 자체가 가족 구성원의 접촉을 줄

일 수밖에 없음은 불문가지라 하겠다.

이렇게 아파트는 기본적으로 사람과 사람들을 떼어놓는 주거 공간이다. 거주자들의 삶의 패턴을 획일화시키되 그들 사이의 소통은 원천적으로 차단하는 주거 형식이다. 최근에는 이러한 문제를 완화시키는 '가변형 아파트'도 도입된다고 하지만, 여전히 우리나라의 절대다수의 아파트는 사람들을 획일화하면서 소외시키는 부정적인 특성을 고스란히 안고 있다.

아파트가 주는 편의성은 유지하면서 거기서 생기는 문제는 완화하는 방안은 무엇인가. 전통적인 삶의 공동체가 가졌던 특성들을 우리 시대에 맞게 도입하는 것이다. 교육과 여가의 면에서 공동 활동을 활성화해 보는 것이 가장 현실적인 방안이라고 할 수 있다 예컨대 아이들의 방과 후 교육을 각자 학원에 보내는 방식으로 처리할 것이 아니라, 주민들 공동으로 특색 있는 교육 프로그램을 짜서 필요한 선생님을 초빙하는 것은, 불가능한 일도 어려운 일도 아니다. 그 과정에서 주민들 간의 소통이 활발해지면 공동 여가 활동이나 공동 육아 등 좀 더 다양한 분야에서의 소통과 협동도 가능해질 터이다. 이러한 '생활 공동체 활동'이야말로 아파트가 강제하는 획일화 및 소외 현상을 극복하는 의미 있는 길이라 할 수 있다.

이러한 변화가 가능해지기 위해서는, 아파트라는 주거 형식이 갖는 근본적인 문제에 대해 좀 더 많은 사람들이 주의를 기울여야 한다. 사회의 근간을 이루는 가정의 생활 방식이 획일화되고, 우리가 소중한 가치로 생각하는 개성이 위협받으며, 사회의 안녕을 위해 필요한 공동체적인 특성이 쉽게 위축되는 것이, 아파트라는 주거 형식에 크게 기인한다는 사실에 대한 이해가 활성화될 필요가 있다. 이런 면에서, 도시생활의 제반 문제를 해결하는 방안으로 건축에 공동체적인 요소를 도입하자고 했던 버트란드 러셀의 주장(『게으름에 대한 찬양』) 또한 새삼 눈여겨볼 만하다 하겠다.

'중독의 시대' 넘어서기

우리는 '중독의 시대'를 살고 있다. 이 말은 두 가지 층위에서 의미를 갖는다. 다양한 중독 현상이 우리 사회에 만연되어 있다는 현실 진단의 맥락이 하나고, 그러한 진단을 낳을 만큼 중독에 대한 우려가 고조되어 있다는 의식 차원이 다른 하나다.

치료를 요하는 알코올 중독은 물론이요, 자신의 의지로 어쩌지 못하는 흡연이나 게임, 인터넷 서핑, 홈쇼핑 주문 등이 실제적인 중독으로서 중독의 시대라는 진단의 근거가 된다. 한편 중독 대상이 다양해지는 현상을 고려하면 중독 자체가 유일한 문제는 아니라는 사실에 생각이 미치게 된다. 카페인 중독이니 탄수화물 중독 등이 좋은 예가 되는데, 이런 경우는, 정말로 그것이 병적인 중독이어서라기보다는 건강에 대한 우려나 다이어트에 대한 관심 등이 강박 수준으로까지 고양되면서 커피나 빵을 끊어야 한다는 염려가 강화된 상태일 뿐이라 할 것이다.

이렇게 우리 사회는, 중독 대상도 많아지고 중독에 대한 염려도 고조되어 실제와 의식 양 면에서 공히 '중독의 시대'에 처해 있다 하겠다.

중독 자체에 대해 여기서 길게 논할 수는 없다. 의학적으로 볼 때 중독이란, 유해물질에 의한 신체 증상으로서의 '약물 중독(intoxi-cation)'과 약물 남용에 의한 정신적인 중독인 '의존증(addiction)'으로 나뉜다고 하는데, 이를 자세히 살피는 일은 우리의 관심사가 아니다. 중독에는 '화학 물질 중독'과 '행위 중독'이 있으며 사회적으로 문제가 되는 대부분의 중독은 행위 중독에 해당된다는 점만 공유하면 충분하다. 행위 중독의 경우도 증상이 심한 환자의 경우는 치료를 받으면 될 것이므로, 그 원인으로 거론되는 '보상 결핍'이나 '현실에서의 자존감 저하' 등을 깊이 따져보는 일 또한 이 자리의 몫은 아니다.

인문학의 견지에서 보다 주의를 끄는 것은, 중독에 대한 우려와 그러한 우려를 근거로 제기되는 각종 처방이 야기하기도 하는 문제이다. 여기서 문제적인 것은 '지나친' 처방이고 그것을 가능케 하는 '지나친' 우려 담론이다.

예를 들어 생각해 보자. 알코올 중독에 대해 우려하는 것 자체는 문제될 일이 없지만, 그 우려가 지나쳐서 사회의 모든 술을 없애는 금주령을 시행하자고 하면 문제가 심각해진다. 소수의 알코올 중독자를 치료하고 중독을 예방하는 각종 조치를 시행하면 될 일을 사회적으로나 문화적으로 긍정적인 기능이 적지 않은 술 자체를 없애는 식으로 해결(?)하려는 것은, 음주의 양과 빈도 및 의존성의 문제를 술의 존폐 문제로 바꾸어 대처하는 범주 착오의 오류에 해당된다. 물론 무언가 논리적인 착오를 범했다는 것이 중요한 문제는 아니다. 이러한 엉뚱한 조처가 행해진다면 그것은 문제의 해결이 아니라 사회 구성원 일반에 대한 통제이자 폭력에 불과하다는 점이 정작 심각한 문제이다. 이렇게, 알코올 중독에 대한 순수하고도 열의에 찬 우려가 다른 아무 것도 돌보지 않은 탓에 그러한 폭력을 행사하게 되는 경우, 중독에 대한 우려가 중독 자체보다 더 큰 문제를 일으킨 것이라고 하지 않을 수 없다.

이상은 가상의 사태를 생각해 본 것이지만, 유감스럽게도 이러한 생각은 지나친 것도 쓸데없는 것도 아니다. 16세 미만 청소년들의 인터넷 게임 과몰입 문제를 해결한다고 정부가 (스마트폰의 확산으로 사실상 유명무실해진) 셧다운제를 시행하기도 하고, 국내 굴지의 대기업이 흡연이 건강에 나쁘다는 이유로 모든 계열사 직원들에게 금연을 강요하며 소변검사까지 시행했던 사례 등을 생각하면, 금주령을 내렸던 1920년대의 미국과 21세기의 우리나라가 별 차이가 없다는 생각을 하지 않을 도리가 없게 된다.

이러한 조치들은, 중독 대상이 아니라 소수의 이용자가 문제이며 좀 더 확대한다 해도 관련 문화의 일단이 문제라는 사실을 무시한 채, 사회 구성원들을 획일적으로 통제하려고 한다는 점에서 비민주적이고도 폭력적이다. 또한, 사람들의 본성과 행태를 폭넓게 인정하지 않고 자신의 주관을 앞세워 옳고 그른 것을 가른 뒤 일도양단하듯 타인들의 삶을 부정한다는 점에서 반문화적이다. 경우에 따라서는, 객관적인 사실 판단이 내려지기도 전에 일부 주장을 근거로 실제 조치를 취한다는 점에서 이데올로기적이기도 하다.

따라서 필요한 일은 중독에 대한 지나친 우려를 지움과 동시에 중독 현상을 예방할 수 있는 좀 더 인간적이고 문화적인 방안을 모색하는 것이다. 여기서 '동시에'라고 말한 것은 실로 이 두 가지가 함께 이루어져야 하는 것이기 때문이다.

폭력적인 반중독 조치들은 중독 강박이라 이름 지어도 좋을 만큼 병적 현상인 '중독에 대한 과도한 우려'에서 나온다고 할 수 있다. 이런 태도의 바탕에는 자신들의 삶의 태도만이 올바르다는 과대망상적인 자부심과 다른 사람들과의 차이를 용납하지 못하는 독단적인 편협함이 깔려 있다고 할 만하다. 그러한 태도에서 만들어진 부당한 규율들이 인간의 자유와 주체성을 훼손하고 그만큼 문화를 위축시켜 왔음은, 미셸 푸코의 역작 『감시와 처벌』이나 『성의 역사』를 통해서도 세세하게 밝혀진 바 있다.

오해를 막기 위해 중언하자면 의학적인 처치를 요하는 중독증 환자의 경우야 당연히 치료를 해야 하지만, 그들 몇몇을 근거로 중독재료 자체를 금하려는 것은 있을 수 없는 일이다. 정민 선생의 『미쳐야 미친다』가 보여 주듯 역사에 남는 의미 있는 문화적 성과들 또한 중독만큼 과한 몰입의 산물이라는 점을 생각하면, 요즘 회자되는 '창조'를 위해서도 중독적인 태도 자체를 사갈시해서는 안 될 것이다. 무언가를 금지하려 하는 대신에, 좋은 결과를 낳을 '미칠 만한 대상'을 많이 만들고자 노력하는 것이 훨씬 더 문화적이고 동시에 생산적인 일이다.

세월호 사태를 두고 무엇을 물을 것인가

　2015년 4월의 봄은 실로 잔인하다. 뒤집힌 배에 갇힌 사람들이 서서히 죽어가는 것을 텔레비전을 보며 목격할 수밖에 없었던 작년 봄 이래로, 어느 때고 마음이 편치 못했다. 지난 가을 팽목항을 다녀왔어도, 'REMEMBER 20140416'이라 쓰인 노란 고무 팔찌로 내 손목을 반년 가까이 옭아매고 기회 있을 때마다 세월호 소식을 공유하며 작은 힘이라도 되고자 해 왔어도, 마음의 짐과 편치 못함은 줄어들지 않았다. 날이 갈수록, 안타까움과 분노가 커질 뿐이다.

　세상이 그렇게 만들고 있다. 무능과 뻔뻔함이 얼마나 폭력적일 수 있는지를 너무도 생생하게 보여 준 행정 관료들이며, 유가족들을 죄인처럼 몰고 간 정치 모리배들과 언론 권력의 온갖 악의 언행들이 그렇게 만들어 왔다. 그토록 오랜 시간을 잡아먹은 특별법의 제정이

나 진상조사위원회의 구성과 관련해서 여야 국회의원들이 보인 행태는 물론이요, 실권이라고는 부여받지 못한 위원회의 조사활동조차 사실상 허울뿐인 것이 되게 하는 정부의 시행령은 말할 것도 없다.

정치권력과 힘 있는 자들의 언설이 왜곡하고 비틀어 놓은 세상과 더불어, 그 속에 살면서 마찬가지로 왜곡되고 비틀어진 우리들의 생각과 태도, 우리들이 눈여겨보지 않아 악화될 대로 악화된 삶의 상태 또한, 안타까움과 분노를 키운다. 이상한 관변단체나 일베 회원들이 유가족들에게 부린 행패나, 인터넷에서 쉽게 찾을 수 있는바 세월호 사태에 대한 단선적이고 폭력적인 언행들은 2015년 우리 한국인의 한 얼굴에 다름 아니다. 세월호를 두고도 여론이 분열되는 것을 보고 있으면, 국민 모두가 아연실색, 눈물을 감추지 않고 '이게 나라인가' 라는 질문을 공유하며 슬퍼했던 2014년의 4월 중순이 오히려 좋다고 생각될 지경이다.

진상조사 활동이 말 그대로 진상을 조사할 수 있도록 뜻 있는 사람들이 힘 있는 대로 노력해야 하고 할 것이지만, 그 또한 우리 모두의 숙제이지만, 그것만으로 다 해결되는 것은 아니다. 제대로 된 재난구조 시스템이 확립되고 그것이 잘 작동되는지를 국민으로서 확실한 설명을 듣고 계속 주시해야 하겠지만, 이것만으로도 다 해결되는 것은 아니다. 문제를 계속 키워 온 보다 근본적인 문제까지도 이 기회에 들춰내고 바로잡고자 해야 하기 때문이다.

세월호 문제는 어떻게 커져 왔는가. 관련 사태가 조금이라도 진정되기는커녕 오히려 악화되었고 여전히 악화되고 있는 근원적인 이유는 무엇인가. 나로서는, 정부가 무엇을 감추려 하기 때문이라기보다는 우리 모두의 의식이 무언가에 홀린 듯 분열되었기 때문이라고 생각된다.

이 면에서 보자면, 세월호가 침몰한 사고 자체는 근본적인 문제가 아니다. 있어선 안 되겠지만 현실에서는 있을 수 있는 '교통사고' 자체야 무슨 국가적인 문제겠는가. 비행기가 추락하고 자동차가 충돌하듯이 배 또한 침몰할 수 있는 까닭이다.

문제는 다른 데 있다. 배에 갇힌 단 한 명의 승객도 구해내지 못한, 상상도 못 했고 믿기지 않았으며 여전히 믿기 어려운 사태, 세상에서 유례를 찾기 어려운 '완벽한(!) 구조 실패라는 사건'이 근본적이고 국가적인 문제이며, 바로 이 자명한 사실을 의식하지 못하는 우리들의 의식이 바로 근원적인 문제이다. 이러한 착오, '바보야, 문제는 교통사고가 아니라 구조 실패라는 사건이야!'라고 외쳐도 메아리가 없는 우리의 의식 상황이야말로 문제의 근원이다.

몇몇 정치 모리배의 언동과 몇몇 언론 권력의 호도에 의해 초래된 이러한 상황은, 조지 오웰이 『1984』에서 그린 세계와 다르지 않다. '진리성'에서 역사와 사실을 날조하고 '애정성'에서 고문을 자행하며 '풍요성'에서 기아를 조장하는 사회, '2+2=5'라고 진심으로 믿도록 이중사고를 강제하는 사회와, 우리의 현실, 우리 의식의 상황이 얼마나 다를까 싶다.

이러한 상태이기에, 숱한 약속들은 지켜지지 않았고, 일 년이 다 되도록 진상 조사는 시작되지도 못했다. 바로 이러한 상태이기에, 이 러한 사태의 피해자들에게 돌려지리라고는 인간으로서는 전혀 상상 할 수도 없을 정도의 악의적인 비방과 중상이 이미 도를 넘었으며, 정부 시행령에 항의하는 시민과 행동을 함께 한 유족들에게까지 공 권력의 폭력적인 진압이 가해졌다. 이것은 사람다운 사람들이 살 만 한 세상이 아니다.

우리의 의식을 바로잡고 세월호 사태를 근본적으로 진정시키는 유일한 길은, 남겨진 유족들에게 인간적인 대접을 하지 않은 것이 사 태를 악화시켜 온 핵심이라는 사실을 의식하는 것이다. 2014년 4월, 국민 모두가 하나 되어 슬픔과 분노를 같이 했던 때의 마음을 잃지 않는 것이다. 그때의 슬픔으로 유족을 위로하고 서로를 위무하고, 그 때의 분노 그 공분(公憤)을 해소할 수 있는 근원적인 문제 해결의 방 안을 찾아나가야 한다. 사태를 왜곡하는 자들의 조작에 말려들어 이 중사고에 빠지지 않고, 이 모두가 인간의 문제라는 점을 의식하고 20140416을 기억하는 것, 이것이야말로 우리들 일반 시민이 해야 할 일이다. 그래야 우리의 사회를 사람들이 사는 세상으로 유지할 수 있다.

SF 작가 어슐러 르 귄의 소설에 「오멜라스를 떠나며」라는 것이 있다. 모두가 행복하게 사는 유토피아 같은 세상이지만 그 행복을 가 능케 하는 것이 도시 지하에 갇힌 어린 소녀 한 명의 희생이라는 설정 위에서, 그 비밀을 알게 되는 사람들이 도시를 버린다는 내용이다. 힘없는 소수의 국민이라도 인간으로 대하지 않는 국가라면 그 국가가 '오멜라스'와 다를 바가 무엇인가. 이러한 사실을 쉽게 잊고 서로 헐뜯는 것이 우리의 자화상이라면, 이중사고에 빠진 『1984』의 주민들과 우리가 다를 바가 도대체 무엇인가. 이 잔인한 4월에, 이 작은 질문을 우리 모두에게 던진다.

메르스 사태를 맞아
우리가 해야 할 일

　메르스 곧 '중동 호흡기 증후군'으로 온 나라가 큰 두려움에 싸여 있다. 메르스 확진 환자가 늘고 격리 대상자가 크게 증가하였으며, 지역 또한 몇몇 시도를 제외하고 사실상 전국에 걸치게 되었다. 2차 대전 말기 미국의 폴리오 사태를 다룬 필립 로스의 소설 『네메시스』에서처럼 서울과 경기의 일부 지역에는 휴교령이 내려졌고, 사람들이 많이 다니던 곳들이 한산해지는 우려할 만한 상황이 연출되고 있다.

　현재의 사태에서 우리 각자는 무엇을 할 것인가.

　정부가 메르스 관련 정보를 공개하지 않아 불안과 불만을 키웠던 초기의 보름여 동안은 안위를 위협받는 국민의 한 사람으로서 관련 소식을 서로 주고받는 긴요한 일을 게을리 할 수 없었다. 바이러스를 막는 조치를 취하기에 앞서 메르스 관련 소식을 주고받는 일을 유언

비어 확산이라며 금지하겠다고 엄포를 놓는 어처구니없는 태도에 분개하기도 해야 했다. 낙타 고기 운운하는 방책(?)이나 '때늦은' '긴급' 재난 문자를 통해 온 국민이 다 아는 빤한 이야기를 내놓는 작태에 대해서 혀를 차기도 했다.

환자의 확산 사태가 이른 시일 내에 진정될지 여부는 아직 알 수 없지만, 병원과 감염자들에 대한 정보가 공개되고 중앙정부와 지방정부, 민간 전문가들이 일체가 되는 국가 차원의 대응 체계가 잡히기 시작하였으므로, 우리의 대응 또한 이에 맞게 변할 필요가 있어 보인다. 감염 예방 수칙을 지키고 건강에 유의하는 것이야 이 모든 사태가 해결될 때까지 계속해야겠지만, 정부가 국민을 불신하듯이 정보를 통제하던 때에 필요했던 행동을 계속할 필요는 없다 하겠다.

그렇다면 이제 우리가 해야 할 일은 무엇인가.

메르스와 관련된 모든 정보가 제대로 공개되도록 주의를 기울이는 한편, 사태에 맞게 '일상을 영위'하는 것이 무엇보다도 필요하다. 조금이라도 위험이 있다면 사람들이 많이 모이는 곳을 피해야겠지만, 바이러스의 발현 가능성이 시간적으로 볼 때 없어졌거나 의심 환자의 동선과 무관한 지역에서는 일상생활을 회복해야 할 것이다. 크고 작은 각종 정치 문제들도 풀고 매듭을 지어야 할 것이며, 경제에 큰 타격이 생기지 않도록 우리 각자가 해야 할 일들을 할 수 있어야 한다.

물론 그럴 수 있도록 상황이 정리되는 것이 우선인데, 이를 위해서는 두 가지가 필요하다.

보건 당국이 메르스의 확산을 막고 환자를 치료하는 데 모든 힘을 쓰는 것이 첫째임은 물론이다. 지금까지 저지른 실수를 만회하는 차원에서라도 사태가 더는 악화되지 않도록 정부의 모든 담당자들이 국민의 생명을 지키는 일의 무게에 걸맞은 책임의식을 갖고 노력하리라고 기대해 본다.

둘째는, 우리들 각자가 할 수 있는 것이고 해야 하는 것으로서, 우리들의 불안을 잠재우고 불필요한 혼란을 없앨 수 있는 '믿을 만한 논의'를 요청하는 일이다. 메르스 사태와 관련해서 우리들이 신뢰를 갖고 따를 수 있는 합의가 마련되어야 하는바, 이를 위해서, 관련 분야의 과학자들이 사태를 정리하여 불필요한 두려움을 없애 줄 이야기를 하도록 요구해야 한다.

메르스 환자들이 발생한 병원이 있는 지역 전체가 텅 빈 유령 도시처럼 되어야 하는 것은 아닐 것이다. 이 말이 틀리지 않다면, 사람들의 그릇된 행태를 교정해 줄 믿음직한 이야기를 과학 전문가들이 해 주어야 한다. 경계가 지나치면 호들갑을 떠는 게 되어 일상을 망가뜨릴 것이고, 필요한 경계조차 없다면 스스로 잠재적 감염자가 될 수 있는 상황으로 맹목적으로 나아가는 것이 될 터이다. 이러한 두 가지 잘못을 범하지 않도록, 전문가들의 담론이 주어지고 확산되어야 한다. 이것만이 쓸데없는 유언비어를 없애고 상황을 안정시키는 가장 합리적이고 효과적인 방안이다.

정보가 통제된 상태에서 우리가 느꼈던 불안이 컸음을 잊지 말아야 함과 더불어 우리가 꼭 기억해야만 하는 또 하나의 사실은, 광우병 소고기 사태나 황우석 사태 등에서처럼, 올바른 정보, 권위 있는 논의가 제때에 마련되지 않으면 '충분히 피할 수 있는 국가 사회 차원의 혼란'에 다시 빠지게 된다는 점이다. 언제나 소통이 필요한 것은 분명하지만, 지금과 같은 위기 상황에서 정작 필요한 소통이란 정확한 사실 판단에 근거한 권위 있는 과학적 담론을 중심으로 이루어져야 된다는 사실이야말로 더욱 명백하고도 한층 중요하다. 따라서 과학자들을 포함한 전문가들이 말하게 해야 한다. 언론이 그들의 발언의 장을 마련하고 우리에게 제공하도록 요구해야 한다.

이를 통해 우리가 안심할 수 있게 될 때 일상이 회복되고 필요한 업무들이 안정적으로 지속될 것이다. 바로 그러할 때에야, 아직 치료 중인 환자들이 있더라도, 주변국들의 불안이 가라앉고 외국인 관광객들 또한 안심하고 우리를 방문할 수 있을 것이다. 일부에서 우려했던바 국가 신인도 추락의 불명예나 그에 따른 유무형의 막대한 피해도 예방할 수 있을 것이다.

경험에서 배우지 못하는 자야말로 가장 큰 바보라는 말이 있다. 세월호 사건이 벌어진 지 겨우 일 년밖에 되지 않았고 그 진상조사를 위한 특위의 활동은 여태 시작되지도 못한 상황에서 메르스 확산을 효과적으로 막을 정부의 초동 대처를 찾아볼 수 없었던 것이 통탄할 만한 일이지만, 보건 당국이 그러한 바보짓을 했다고 우리들 국민 또한 그래도 되는 것은 아니다.

전염병이 잡히고 환자들이 완쾌된 뒤에, 우리들 스스로 후회하게 될 상황을 만들지 않기 위해서는, 공론이 공론답게 되도록 모두가 주의를 기울여야 한다. 과학적 확실성을 갖춘 권위 있는 사람들이 말하게 하고 그것으로 공론장을 채워야 한다. 이야말로 우리 시대에 요청되는바 '과학기술 국민 관여(PEST:Public Engagement with Science and Technology)'로서의 과학 커뮤니케이션(김학수 외, 『과학 커뮤니케이션론』)을 발전시킴과 동시에 국민들을 위한 국민의 언론을 만드는 일이기도 해서, 보건 당국이 책임을 지고 바이러스를 잡게 하는 것 못지않게 중요한 일이다.

망각의 병과
이야기의 힘

　건망증에 관해서라면 누구나 한 번쯤 남에게 재미있게 말할 만한 경험을 해 봤을 것이다. 자동차 키를 차에 꽂아두고 내렸다는 식으로 모두가 겪어 볼 만한 일 말고, 차를 갖고 왔다는 사실을 깜빡해서 택시를 타고 귀가했다든지 하는 경우 말이다. 놀랍고도 기가 막힌 일이지만 그것이 반복되지 않는 한, 이러한 사례들은 친구들과의 이야기꽃을 활짝 피우는 데 유용한 재미있는 경험에 그친다고 할 수 있다.

　그러나 정도가 심해져서 위와 같은 일이 반복된다거나 하면 사정이 달라진다. 자주 보는 친구나 친척을 바로 알아보지 못하거나, 어떤 일을 해 놓고도 했는지 여부를 몰라 다시 하거나 혹은 했는지 아닌지를 확인해야 한다거나, 하고 싶은 말이나 표현을 금방 떠올리지 못하거나 하는 일 등이 잦다면 문제가 심각해진다. 치매를 의심해 볼 만한 상황인 까닭이다.

치매(dementia)는 뇌 기능 손상에 따른 인지장애 질환으로서, 개인의 삶은 물론이요 가족의 평화와 사회의 안녕을 해치는 심각한 문제이다.

65세 이상의 노인 인구가 늘면서 이러한 위험이 갈수록 커지고 있다. 이미 우리나라 노인의 치매 유병률은 주목할 만한 수준에 이르러, 2008년 8.4%, 2010년 8.6%, 2012년 9.1% 54만여 명으로 지속적으로 늘고 있다. 지난 2000년 고령화 사회(65세 이상 인구가 전체의 7% 이상)에 진입한 우리나라는 2026년이면 초고령 사회(20% 이상)로 진입하게 된다 하므로(통계청, 「장래인구추계」, 2011), 노화에 따른 치매의 위험이 국가 차원의 실제적인 문제가 되는 것은 시간문제일 뿐이라 하겠다.

치매가 국가 사회 차원에서 위험한 이유는 중장년층에서도 환자가 급증하고 있다는 데서도 찾아진다. 2002년과 2009년을 비교해 보면 40대 치매 환자는 1.8배, 50대의 경우는 2.9배 증가했다고 한다(보험개발원, 『건강보험 통계분석자료집』, 2011).

이렇게 상황도 전망도 어두운 반면 국가 사회 차원의 대책은 미흡한 것이 현실이다. 2008년부터 국민건강보험공단에서 노인장기요양보험을 시행하고는 있지만, 치매 노인 중 이 보험의 혜택을 받는 경우는 32%에 그치고 있으며 일상생활에 상당 부분 지장을 초래하는 중등도 이상의 치매 환자만이 보험을 적용받을 수 있는 상황이다

(한국보건사회연구원, 2014). 국내 치매 환자의 72%는 가족이 돌봐 준다고 하니(『조선일보』, 2012.10.31), 국가 사회의 문제를 가족에 떠넘기고 있는 형편이라 하지 않을 수 없다.

치매 환자를 돌보는 가족 구성원의 고통과 어려움은 잘 알려져 있다. 치매 환자를 등장시키는 문학작품들 대부분이 환자를 돌보는 가족의 고통에 초점을 맞춰 온 것도 같은 맥락에서 이해할 수 있다. 박완서의 「집 보기는 그렇게 끝났다」(1978)의 경우 치매에 걸린 시어머니의 횡포를 묵묵히 참아내던 며느리가 끝내 시어머니를 가족이 아니라고 생각하게까지 되는 상황을 핍진하게 형상화한 바 있다. 신경숙의 『엄마를 부탁해』(2008) 또한 가족 구성원들의 죄책감과 회한을 잘 보여주고 있다.

고령 사회로 진입해 가는 상황에서 치매의 문제, 노인의 문제에 국가 사회가 잘 대처하지 못하고 있는 이러한 상황은 우리나라 노인 자살률이 OECD 국가 중 1위라는 불명예를 낳는다. 2008~2011년 기간 우리나라의 61세 이상 노인의 연평균 자살자는 4,700명으로 전체 자살자의 32.7%를 차지했다. 이는 인구 10만 명당 80.3명으로 일본의 27.9명, 스웨덴의 16.8명, 프랑스의 28.0명에 비해 3배 정도나 높은 수치이다(한국보건사회연구원, 「인구 고령화 경제적 영향 분석 및 고령화 대응지수 개발」, 2015).

지금까지 길게 살펴보았듯이 고령 사회로 접어들고 있는 우리나라에서 치매는 사회 구성원 모두의 관심을 요하는 심각한 문제이다. 의 과학 분야에서 각종 치매에 맞는 치료 방법들을 계속 연구하고, 정부와 의료계 차원에서 보다 효과적인 치료 및 처치 방안을 확충해야 함은 물론이지만, 그것만으로 끝날 일이 아니다. 국민 개개인의 예방 노력이 병행되는 외에, 인문학 쪽의 기여 또한 가능해 보이는 까닭이다.

치매의 증세가 기억력 감퇴만은 아니지만 그것이 망각의 병임에 틀림없는 이상, 의도치 않은 망각에 저항하는 방법의 구축 면에서는 인문학 역시 제 몫을 갖는다. 인문학을 이루는 문학과 역사에 공통되는 '이야기'의 힘이 그것이다.

이야기란 인간의 삶과 문화를 가능케 해 주는, 인간이 지니고 있는 보편적인 능력이다(최시한, 『스토리텔링, 어떻게 할 것인가』). 인간만이 구사하는 꾸며진 이야기는 실제 사회적 상황을 빠르게 이해하도록 해 주며, 이 능력을 집중적이고 적은 비용으로 유지할 수 있게 해 주기도 한다(브라이언 보이드, 『이야기의 기원』).

이처럼 보편적인 기능에 더하여 이야기는, 어떠한 사태를 잘 기억하게 하는 효과적인 방법이기도 하다. 동서양 고대의 문학이 구비 전승되면서 기억력의 발달에 기여한 점이나, 고대 그리스의 기억술이 로마 시대에 오면 웅변술을 위한 '수사학적 기억술'로 발전한 사실(임경순, 「기억술과 근대과학」, 이진우 외, 『호모 메모리스』) 등이 이야기의 이러한 효과를 잘 보여 준다.

이야기의 이러한 기능은 치매 예방과 관련해서도 주목할 만하다. 치매 증상의 발현이나 경과를 늦추는 좋은 방안이 두뇌 활동 능력을 증진시키는 데 있음은 거의 모든 의사들이 공통으로 지적하는 사실이다. 기억을 포함하는 정신 능력이 풍부할수록 치매에 따른 손상에 저항하며 정상적인 정신 기능을 발휘할 여지가 커진다는 말이다. 따라서 이야기의 부흥 및 이야기를 근간으로 하는 인문학의 부흥이야말로, 노령 사회로 진입해 들어가는 시점에서 한층 더 긴요해진다고 하겠다.

SNS 언어의 SOS

만에 대해 생각해 보게 된다 아침마다 인터넷 뉴스 예닐곱 군데를 훑어보고, 직장의 전산망을 틈틈이 열어 보며, SNS도 짬짬이 켜보는 생활을 돌아보다 보니, 세상에 말과 글, 언어가 참으로 많다는 생각을 하지 않을 수 없다. 책을 읽고 글을 쓰는 것이 업이어서 지금도 이 글을 쓰고는 있지만, 세상에 쓸데없는 말과 글이 너무 많은 것을 부정할 수 없고 그러한 말과 글이 행하는 폭력에 눈감기 어렵다.

인터넷과 SNS를 통해서 모두가 끊임없이 말과 글을 뱉어 내고 있다. 인구가 늘어나서 말과 글이 늘어난 것이 아니라, 그렇게 말과 글이 늘어날 수 있고 늘어나게 되어 있는 상황에 우리가 놓여 있기 때문이다. 이러한 의미에서, 말과 글이 넘쳐 나는 것은 시대적인 현상이라 할 만하다.

인터넷의 발명과 확산이라는 역사적인 사실이 이러한 상황을 낳았다. PC의 보급과 더불어 시공간의 제약을 뚫고 소통할 수 있게 하는 그러한 기술의 발전이 커뮤니케이션 확대의 바탕을 마련해 준 것이다. 거의 모든 사람이 자신만의 글쓰기 공간을 가질 수 있고 서로 어울려 이야기하는 공간에 참여하기 쉽게 되면서, 우리 모두가 항상적으로 글을 쓰는 상황이 벌어지게 되었다.

인터넷이 일반화되기 이전 시대의 글쓰기란 전문가들의 일이었다. 그 외의 보통 사람들은 학교과정에서 써야 하는 과제로서의 글쓰기를 제쳐 두면 일기나 편지 쓰기, 업무상의 서류 작성 외에는 글을 쓸 일이 없었다. 교육 과정과 사적인 맥락을 제외하면 완결된 글쓰기란 사실 대부분의 사람들과는 인연이 없는 언어활동이었다고 할 만하다.

상황을 180도 바꿔 놓은 것이 바로 인터넷의 등장이다. 전 세계 차원으로 인터넷이 활성화된 오늘의 상황이 모든 사람들에게 항상적으로 무언가를 쓰게 만들고 있다. 앞에서와 달리 지금 강조하는 것은, 우리의 상황이 글쓰기 혹은 그와 비슷한 것을 사실상 '강제한다'는 사실이다.

집안에 인터넷 선을 끌어오는 순간 개인 홈페이지나 블로그를 만들라는 유혹이자 권고에 노출되고, 각급 학교나 직장의 구성원으로서 커뮤니케이션을 위해 특정 사이트를 이용해야 함은 물론이요, 온갖 뉴스와 정보 및 소문 들이 끊임없이 우리를 컴퓨터에 접속하게 만든다. 이에 더하여 취미생활이나 동호회 활동은 물론이요, 쇼핑과 은행 업무 등까지도 인터넷을 기반으로 '편리하게' 수행할 수 있게 되면서, 인터넷에 들어가 보지 않고 하루를 보내는 일은 사실상 불가능하게 되어 버렸다.

하루에도 수백 건씩 주고받는 청소년들의 문자 메시지는 물론이요, 사람들이 각종 게시판에 올리는 수많은 문자들은, 사고의 종합과 재구성으로 이루어지는 전통적인 의미에서의 '글'이라고 할 수 없다. 그것은 지식의 구성 요소로서 한 편의 글을 이루는 자료로 쓰일 수 있는 '정보'조차도 아니기 십상이다. 글답게 보이는 글들조차, 스크롤의 부담을 피한다는 명목하에 강제되는 짧은 분량 속에서, 글의 품격을 갖추기 어려운 상황에 내몰리고 있다.

인터넷 글쓰기 상황이 부추기는 것은 글의 질이 아니라 양이다. 운영 주체가 개인이든 집단이든 모든 사이트는 보다 많은 게시 글과 보다 많은 조회 수를 욕망한다. SNS의 글쓰기 또한 글의 게시 횟수와 조회 수, 친구나 팔로우어의 수, '좋아요'와 리트위트의 수를 늘리고자 몸부림치게 된다.

내용을 돌보기 전에 양을 지향하게 만드는 이러한 상황이 '과시적 소통'을 낳는다. 이것은 필요에 의한 상호소통이 아니라 소통을 표방하는 독백에 가까울 뿐이다. 인터넷 글쓰기의 시대에 와서 새롭게 등장한 글의 운용 형식인 '장식하기' 곧 '펌질'로 자신의 사이트를 꾸미고 채우는(!) 일이 대표적인데, 이러한 글 다루기가 인간관계를 발전시키는 언어적 소통과 아무런 관련이 없음은 자명하다(졸저, 『문학의 숲, 그 경계의 바리에떼』).

글 한 편의 분량은 줄이되 게시 글의 양적 증대를 지향하는 인터넷의 특성에 의해, 글쓰기의 본질적인 기능이 약화되고 글의 질과 품격이 저하되는 것 또한 명백하다.

말과 글 곧 언어의 고유한 기능이란 무엇인가. 사물과 사태에 해석을 가하고 의미를 부여함으로써 외부 세계를 인간화하는 것, 대상에 동일성과 정체성을 부여하여 자연을 '우리의 세계'로 만드는 것이다. 말과 글은 사회적인 차원에서 인간관계와 공동체를 발전시키고 운용하는 데 있어 필수적인 도구이며, 문화와 문명의 맥락에서는 사고의 재구성을 통해 지식을 창출해 내는 의미심장한 기능을 수행한다(졸저, 『꿈꾸는 리더의 인문학』).

인터넷을 채우는 거의 대부분의 글들은 이상의 기능과는 거리가 먼 모습을 띤다. 시몬느 드 보부아르의 구분에 따르자면, 자기 감수성의 직접적인 표현에 그치는 '아마추어의 말'에 불과하다(『제2의 성』). 자신의 표현은 동물들도 행하는 기초적인 기능일 뿐이라는 사실을 생각하면, 인터넷의 말이 말이 아니게 되었음을 부정하기 어렵다.

이러한 말 아닌 말들이 가만히 있는 것이 아니라 폭력을 행사한다는 데 문제의 심각성이 있다. 조회 수와 '펌질', '좋아요'에 의해 그러한 말 아닌 말들이 무더기를 이루면서 여론을 왜곡하고, 손쉬운 편들기를 조장하는 방식으로 '없을 수 있는 갈등'을 증폭시킨다. 누구라도 글을 쓸 수 있다는, 문명사적으로 진보임에 틀림없는 사실이 부메랑이 되어 문화를 단순화하고 왜곡하는 것이다.

양이 위세를 떨치는 인터넷 상황에서 사고의 옥석이 분별되기 어려워짐은 돌이킬 수 없는 문제 상황처럼 보인다. 한병철의 지적대로, 커뮤니케이션이 '동일자의 지옥' 속에서 최고 속도에 도달함으로써 '합의의 폭력'에 의해 다른 것을 생각하는 일이 억압되고 있다(『심리정치』). 말과 글이 자유로운 사고를 가능케 하는 터전이었음을 잊지 않는 한, 지금 우리가 해야 할 것은 SNS를 위시한 인터넷 언어의 좌초에 직면하여 SOS를 치는 일이다.

광복 70주년에 돌이켜 보는
경주 최 부잣집 이야기

경주 교동에 최 부잣집 고택이 있다. '사방 100리 내에 굶어죽는 사람이 없게 하라'는 가훈으로 널리 알려진 바로 그 집이다. 보통의 관광객이라면 한 번 휘둘러보고 나올 법도 하지만, 최 부잣집의 내력을 알게 되면 경주를 떠나서도 오랜 시간 그 집을 생각하게 된다.

최 부자 가문은 긴 세월 동안 부를 유지하면서도 사람들의 사랑을 받은 사례에 해당한다. 무려 300년 가까이 커다란 재산을 유지했는데, 그 과정에 보통사람들이 도움을 주기까지 했다는 것이다. 민간 설화에 따르면, 다른 부자들과 비교도 되지 않을 만큼 큰 부를 가지고 있었으며, 팔려고 내놓은 땅이 있으면 소작인들이 앞을 다퉈 가며 최 부자가 사도록 알려 주어서 더욱 큰 부자가 되었다고 한다. 소작농들이 그리 한 이유는, 최 부잣집의 경우 남들보다 소작료를 훨씬 싸게 매겼기 때문이었다(「진주·의령 부자와 경주 최 부자 살림」, 『한국구비문학대계』).

요컨대 최 부잣집은 가난한 사람들이 배척하지 않는 이상적인 부자의 모습을 실천한 드문 사례라 할 만하다. 이러한 점은 최 부잣집의 '육훈(六訓)'에서 잘 드러난다. 여섯 가지 교훈은 다음과 같다.

1. 과거를 보되, 진사 이상은 하지 마라. 2. 재산은 만 석 이상 지니지 마라. 3. 과객을 후하게 대접하라. 4. 흉년기에는 땅을 사지 마라. 5. 며느리들은 시집온 후 3년 동안 무명옷을 입어라. 6. 사방 100리 안에 굶어 죽는 사람이 없게 하라.

2, 4, 6의 세 가지 교훈을 보면, 최 부잣집이 어떤 성격의 부자였는지가 확연해진다. 일정 정도의 부를 최대치로 하고, 재산을 늘리는 과정에서 남들의 어려움을 이용하지 않으며, 주위의 사람들과 더불어 살아가는 방식을 실천하는, '공동체 의식이 있는 부자'였다 하겠다. 여기에 3과 5를 더하면, 최 씨 집안이야말로 오늘날 우리가 말로만 듣는 '노블레스 오블리주(noblesse oblige)' 즉 높은 사회적 신분에 상응하는 투철한 도덕의식과 솔선수범하는 공공정신을 직접 실천한 모범적인 본보기라 하지 않을 수 없다.

아쉽게도 현재 최 부잣집은 더 이상 부잣집이 아니다. 독립운동에 자금을 대고 민족자본을 키우기 위해 노력했던 최준(1884~1970) 선생이 1947년에 전 재산을 기증하여 대구대학을 설립하고 삼성 집안에 넘겼기 때문이다. 그 대구대학이 청구대학과 합쳐져 영남대학교가 된 이후로는, 최 씨 집안이 학교 운영에도 관여하지 못하게 되어 말 그대로 재산을 '날린' 셈이 되었다 한다(『한겨레신문』, 2013.2.2).

'육훈'을 실천하며 일제시대에도 부를 잃지 않았던 집안이 이렇게 영락했다는 사실은 우리를 씁쓸하게 한다. 여기에 더하여, 최준 선생의 아우 최안(1889~1927) 선생이 독립운동가로서 옥고에 따른 지병으로 불과 38세에 사망했다는 사실, 독립운동가 후손들에 대한 예우가 형편없어서 대다수가 가난의 굴레에 갇혀 있다는 사실, 여기에 더하여 독립운동가의 후손인 최현열 선생이 최근 분신자살한 사건 및 그에 대한 경찰의 조치 등을 아울러 생각하면, 우리의 씁쓸함은 갈피를 잡을 수 없게 커질 뿐이다.

민족과 국가를 위하여 모든 것을 던진 선열들과 그 후손에게 이리 대하는 것은, 이제는 시쳇말이 되어 버린 '국격(國格)'을 생각해도 있을 수 없는 일이다. 소박하게 생각하더라도, 자신을 위해 목숨을 바친 구성원을 제대로 돌보지 않는 공동체가 어떻게 자신의 안녕과 발전을 계속 바랄 수 있을까 싶다. 역사를 '바로' 세우고자 한다면, 이런 문제들부터 당장 해결해야 마땅하다. 의인과 그 후손이 제대로 대접받지 못하는 사회에는 의로움이 살아 있을 수 없는 까닭이다.

우리가 주목해야 할 최 부잣집의 교훈은 '육훈'에 그치지 않는다. 자신을 다스리는 교훈으로 '육연(六然)' 또한 있는데, 이를 음미하는 것으로, 앞의 문제를 대하는 우리들 각자의 마음을 추슬러 본다. 최 부잣집의 '육연'은 세 갈래로 둘씩 짝을 지어 있다.

'자처초연(自處超然)'과 '대인애연(對人靄然)'이 첫째 짝이다. 스스로 처신함에 '초연'하고, 남을 대함에 '애연'하라는 말이다. 자신을 돌보고 행동함에 있어 자신으로부터 생겨나는 욕망에 갇히지 말라는 것이 첫째 가르침이다. 다음은 남을 대할 때 온화하게 하라는 것으로 풀이되어 있는데, 내가 보기에는 자신의 속내를 먼저 그대로 드러내지는 말라는 뜻으로 읽어야 할 듯싶다. 제 주장을 펴기 전에 남의 의견을 구하라는 의미로 말이다.

다음 쌍은 '무사징연(無事澄然)'과 '유사감연(有事敢然)'으로서, 일이 없을 때는 사태를 맑게 처리하고 일이 생기면 굳세게 나서서 처리하라는 뜻이다. 원리와 원칙이 맑지 않아 행동해야 할 때 올바로 행동하지 못하는 경우가 개인은 물론이요 사회와 국가 차원에서도 적지 않음을 생각할 때, 깊이 새겨볼 만한 교훈이다.

마지막 쌍은 '득의담연(得意淡然)'과 '실의태연(失意泰然)'이다. 뜻을 이루었을 때 교만을 부리지 말고 담담한 태도를 유지할 것이며, 뜻을 이루지 못하였다고 낙담하거나 개탄하지 말고 태도나 기색을 예사롭게 가져야 한다는 말이다. 사회는 물론이요 개인으로서도 쉽지 않은 경지다. 그렇지만 '무사징연'과 '유사감연'의 바탕을 이루는 자세요 마음가짐이라고 생각하면, 그리 아득한 것만도 아니다.

작게는 나 자신을 다스리고 크게는 공동체의 구성원으로서 해야 할 일에 충실을 기하자 할 때, 특히 광복 70주년을 맞이하여 우리의 역사와 현재를 돌아보며 이러한 생각을 가다듬어 볼 때, 최 부잣집의 '육훈'과 '육연'이 주는 울림이 작지 않다. '육훈'이 살아 있는 사회, '육연'을 실천하는 시민들이 요청되는 현재, 인문학자의 어깨가 무겁다.

대중사회에서의
민주주의를 위하여

서울 시청 광장에 사람들이 모여 플래카드를 앞세우고 목소리를 높이는 장면을 보지 않고는 한 계절을 지내기 어려운 시대에 살고 있다. 하나의 주장이 내세워지는 반대편에 그것을 지워버리려는 듯이 또 다른 목소리가 맞세워지는 양상 또한 심심찮게 보는 형편이다. 가상공간에서도 사정이 다르지 않아, 상반되는 주장들이 진영이 나뉜 듯 서로 세를 모으려 애를 쓰는 것을 쉽게 볼 수 있다.

객관적으로 볼 때, 이는 민주주의 사회이기에 벌어지는 양상이라 할 것이다. 다수의 의사가 공동체 전체의 운명에 막강한 영향력을 행사할 수 있는 정치 체제를 떠받치고, 사회정치적으로 중요한 문제의 결정에 있어 여론의 향배가 항상적인 변수가 되게 하며, 따라서 대중을 교화하고 그럼으로써 여론의 지지를 이끌어내는 것이 언제나 초미의 관심사가 되게 하는, 민주주의의 원칙이 바탕에 깔려 있는 사회이기에 가능한 현상이다.

'민주주의(democracy)'라는 말 자체가 '사람들[민(民), demo-]'을 핵심으로 하고 있으니 위에 언급한 모든 양상들이 당연하고도 자연스럽다고 할 법도 하지만, 그렇지만은 않다.

앞에서 암시적으로 표현했듯이 여론이나 대중 자체가 조종되고 교화되는 대상이기도 한 까닭이다. 직접적으로 말하자면 실제 현실에서 보는 '사람들'의 속성이 가장 이상적인 형태의 민주주의가 상정하고 있는 그러한 사람들만은 아니기 때문이며, 터놓고 다시 말하자면, 현실의 '사람들'이 민주주의를 민주주의가 되게 할 '주인'의 자질을 언제나 확실하게 발휘하지는 못한다는 혹은 않는다는 사실을 부정할 수 없는 까닭이다.

요컨대 민주주의라는 이념이 '자율적인 개인 주체'를 상정하는 반면 현실 세계의 사람들이 그만큼 자율적이지는 않다고 할 수 있기에, 플래카드를 앞세우고 목소리를 높이는 사람들이 등장하고, 더 나아가서 그러한 사람들이 서로 나뉘어 대치하는 바람직하지 못한 형국이 벌어지기까지 하는 것이라 하겠다.

이러한 양상으로부터 되짚어 올라가면, 우리 시대 사람들의 특성을 '대중'에서 찾지 않을 수 없다. 모두가 동의하듯이 우리가 대중사회에 살고 있으므로 이는 필지의 경로이기도 하다.

대중이 학자들의 관심사가 되기 시작한 것은 19세기 말의 유럽에서인데, 대체로 부정적인 존재로서 즉 '군중(crowd)'으로서 분석되었다. 이 방면의 가장 영향력 있는 저술은 구스타브 르봉의 『군중심리학』(1895)인데, 1960년대 중반까지 계속 간행되면서 대중에 대한 부정적인 인식을 크게 심화시켰다. 그에 따라서, 대중이란 '본능적 야만으로의 회귀'와 '선동자-조작자의 제안에 대한 굴복'을 특징으로 하는 비이성적인 행태를 보이는 집단이라는 인식이 널리 퍼진 것이다. 이에 맞서서 '혁명적 군중들'에 주목하는 조르주 르페브르 등의 연구가 있었지만(이상의 정리에 대해서는, 조르주 르페브르, 최갑수 역, 『1789년의 대공포』, 까치, 2002에 있는 자크 르벨의 「소개의 글」 참조), 사정이 크게 달라지지는 않았다.

대중에 대한 부정적인 인식은 철학 분야에서도 사정이 다르지 않다. 스페인의 형이상학자인 오르테가 이 가세트의 경우, '대중(mass, multitude)'과 '엄선된 소수(select minority)'를 구분하여 20세기 초 대중사회를 진단한 바 있다. 대중의 부정적인 속성이 인간 사회 전반에 퍼지는 현상이 그가 파악한 문제이다. 현재 상태에 안주한 채로 자신을 발전시키기 위해서 어떤 노력도 하지 않는 인간 유형인 대중, 욕망도 생각도 삶의 방식도 남과 같은 상태에 있으며 사회 각 부문이 요구하는 특수한 능력을 갖추지는 않는 그러한 대중이, 바로 그러한 부문의 운명을 결정하는 역할을 차지하는 것이 대중사회의 문제이다 (José Ortega y Gasset, *The Revolt of the Masses*).

사람들을 대중과 엄선된 소수로 나누는 가세트의 방식을 경계하고 자신의 군중관에 비추어 참여민주주의를 부정하는 르봉의 극단적인 태도는 배척한다 해도, 이들이 밝혀 준 대중의 부정적인 속성 자체에 눈을 감아서는 안 된다. '국회의원의 수준이 국민만 못하다'든지 '기업은 이류고 관료는 삼류, 정치는 사류'라는 등의 말이 공감을 얻을 만큼, 지위고하를 막론하고 대중적인 인간들이 위세를 떨치는 사회가 되어 버린 까닭이다. 부정적인 대중성이 이미 우리 사회의 전 영역에 깊이 뿌리를 내리고 있는 것이다.

실상은 갈데없는 '대중'이되 '엄선된 소수'인 양 스스로를 속이고 허세를 부리는 이들이 거의 모든 영역에서 활개를 치는 상황을 넘어서기 위해서는 어찌해야 할 것인가.

'사람을 보지 말고 정신을 봐야 한다'고 나는 주장한다. 개인이 아니라 시스템이 사회정치적인 문제 해결의 주체가 되어야 하고, 권력자의 자의가 아니라 다수의 지지에 의해 지탱되는 권위에 의해서 정책이 결정되어야 한다는 데 동의한다면, 앞의 주장을 인문학자의 소박한 생각으로 치부하지는 말아야 한다.

우리 각자가, 누가 말하는가가 아니라 말이 올바른가를 따지는 데 집중해야 한다. 판단의 틀을 바꾸어, 말의 주체가 권력자인가 지식인인가가 아니라 말의 내용이 진리인가 지성적인가를 문제시해야 한다. 더불어, 판단의 기준에서 '다수'를 지우고 그 자리에 '올바름'을 내세워야 한다.

사정을 곰곰이 따지고 보면, 시민들이 광장에 나서고 가상의 공간이 여론의 각축장이 되어 버린 사실 자체도 대중성이 지배하는 현실의 결과라 할 수 있다. 따라서 행동을 앞세우기 전에, 우리 시선의 초점, 의식의 대상을 제대로 바꾸는 일이 필요하다. 이것만이 현재 시점에서 민주주의를 지키는 길이라고 나는 믿는다.

역사교과서 국정화 논란에서
주목할 것

1

세상이 시끄러운 때에 공적인 칼럼을 쓰기는 무척 괴롭다. '인문학' 칼럼이라 해도 수필 쓰기와는 달라 공동체의 문제들에 관심을 가지지 않을 수 없는 까닭이다. 요즘 시선을 돌릴 수 없는 문제는 역사교과서 국정화 문제이다. 이와 관련해서 한 차례 글을 썼지만 사태가 점차 고조되어 이제는 어린 고등학생들까지 길에 나서는 상황이 되었으니, 이미 한 번 다루었다는 사실에 기대어 다른 이야기를 하기도 어렵다. 이렇게, 써야 할 문제는 보이되 상황이 글로 헤쳐 나아갈 법하지 않는 때는 괴롭기 그지없다. 과장이 적지 않아 민망함이 없지는 않지만, 저 옛날 황현 선생이 「절명시(絕命詩)」에서 말한 바 '난작인간식자인(難作人間識字人)’ 곧 ‘세상에 지식인 노릇 하기가 참으로 어렵다’는 말이 절절히 느껴진다.

이런 심란한 상태에서 글을 못 쓰다가, 10여 년 전에 포항 CBS 라디오에서 발표했던 칼럼의 원고를 보게 되었다. 2004년 9월의 방송인데 제목이 ‘역사에 대한 논란에 부쳐’였다. 글을 읽어 보니, 10년 전 그때에도 역사 논란이 있었다는 사실이 다시 떠올랐고, 오늘날 정부의 국정화 작업이 지난 10년간 보수 진영이 꾸준히 준비해 온 결과라는 점이 새삼 의식되었다. 사안의 중대함에 비추어 그리고 논의의 필요에 의해, 이 글의 분량에 비해 너무 길기는 하지만 당시 칼럼 원고의 대강을 옮겨 둔다.

2

최근 들어 ‘역사’와 관련한 논의가 분분해졌다. 정부와 여당이 주도적으로 기획하는 ‘역사 바로 세우기’와 관련한 정쟁이 식을 줄 모르는 가운데, 중국의 고구려사 왜곡을 두고 여론이 끓어오른 바 있다. 최근에는 일본군 위안부 문제를 바라보는 어느 학자의 시각과 관련하여 인터넷이 뜨겁게 달아오르기도 했다.

얼핏 볼 때 이런 논의들은 우리 사회의 혼란을 조장하는 것으로 비칠 수도 있다. 하지만 역사에 대한 관심이 고조되는 것은 궁극적으로 볼 때 매우 바람직하다. 역사와 관련된 논의는 원칙적으로, 우리들이 살고 있는 현재의 상태에 대한 규정과, 앞으로 우리가 살게 될 미래에 대한 계획에 밀접하게 닿아 있기 때문이다.

역사가 과거에만 관련된 것이 아니라, 우리의 현재와 미래에 관련된다는 것은 무슨 의미인가. 생각해 보면, 고정되어 있는 과거란 없는 것이나 마찬가지이다. 잘 알려진 대로 역사 기술은 언제나 과거와 현재의 대화의 결과이다(E. H. 카, 『역사란 무엇인가』). 과거를 바라보는 현재의 시선이 역사에 영향을 미친다는 의미다. 따라서 모든 남겨진 역사란 사실상 지배자의 역사라고도 할 수 있다. 우승열패의 원칙이 적용되는 인류사에 있어서, 패배자들의 역사는 사라지고 승자들의 역사가 역사 전체가 되기 마련이다. 유감스럽게도 사실이 그러하다.

그러므로 지나온 역사를 어떻게 보고 새롭게 기술할 것인가 하는 문제는, 현재 우리 사회의 정체성을 어떻게 잡아나가고 우리 사회의 미래를 어떻게 꾸밀 것인가 하는 본질적인 문제로 이어진다. 최근의 논의들을 생산적으로 풀어가기 위해서는, 이러한 인식이 절실히 요청된다.

주지하는 바대로 중국의 고구려사 왜곡은 한반도의 통일 이후 동북아 정세를 염두에 두는 동북공정의 일환으로 이루어지고 있다. (…중략…) 중국과의 역사 논란이 멀지 않은 미래의 동북아 정세와 밀접히 연관되어 있다면, 최근의 역사 바로 세우기 시도는 우리 민족공동체가 살아갈 미래 전체에 관련되어 있다. '반민족 친일 행위와 국가권력의 인권 침해 및 불법 행위'에 대한 진상 규명 의지는, 유구한 민족사의 전통과 고난에 찬 민주주의의 역사에 근거해서 볼 때 정리해야 할 오점이 적지 않은 우리 근현대사를 바로잡고자 하는 것이다. 그 궁극적인 취지는 우리의 현재와 미래가 참된 민주주의의 길로 나아가 민족사의 발전을 이어갈 수 있게 하자는 데 있을 것이다. (…하략…)

3

위의 글을 다시 읽고서 나는, 역사 교과서 국정화 문제에 대한 지난번의 칼럼에 어떤 문제가 있는지를 명확히 깨닫게 되었다. 그 글에서 나는, 국정화에 의해 '하나의' 역사 교과서를 만드는 일은 역사 기술에 당연히 있기 마련인 '해석의 차이들을 인정하지 않고 획일화'하는 것이므로 잘못이라는 취지로 글을 썼다. 인문학의 하나로서 역사학이 갖는 일반적인 특징에 비추어 반대 의사를 표명한 것이었다.

이제 10년 전의 상황을 돌이켜 보니, 그러한 주장이 국정화를 추진하고 지향하는 사람들에게 아무런 반향도 일으킬 수 없다는 점이 뚜렷해진다. 앞의 글에서 밝혔듯이 역사 기술이란 미래를 염두에 둔 현재적인 실천의 일환이므로, 바로 그러한 의미에서, 국정화 추진이란 민주화를 이끌어 낸 이전 정부들의 역사 바로 세우기 노력을 원점으로 돌리고자 하는 것이라 지적했어야 했던 것이다.

중국의 동북공정은 물론이요, 일본 아베 정권의 헌법 재해석 및 그와 병행된 역사 재기술 또한 그들 국가의 패권주의적인 전략의 한 요소로 이루어지고 있다. 현 정부가 추진하는 역사 교과서 국정화도 그와 같은 수준의 국정 기조에 따르는 것으로 봐야 한다. 대통령 개인의 사적인 바람이니 몇몇 보수 역사학자의 망상 정도로 생각해서는 안 된다는 말이다. 두 정부에 걸쳐 자신들이 검정해 온 교과서를 두고서 '주체사상 교과서' 운운하는 망발을 늘어놓는 행태를 이해하는 길은 달리 있을 수 없다.

따라서 이 문제에 대한 우리의 초점 설정[framing] 또한 문제의 본질에 맞춰져야 한다. '민주주의의 견지에서 바라보는 우리의 역사'를 지킬 것인가 아닌가, 이것이 핵심이다.

교수 없는 대학 사회

시간강사법이 문제다. 2016년부터 시행될 예정인 이 법에 따르면 시간강사 제도가 사라지고, 각 대학은 주당 9시간 강의 시수를 보장한 위에서 임용 기간을 1년 이상으로 하여 '강사'를 채용해야 한다. 이들 강사는, 사립학교법이나 사립학교교직원연금법의 적용 대상은 아니지만, 전임교원의 지위를 인정받는다고 한다.

문제는 이와 관련된 주체들 중 누구도 이 법의 시행을 반기지 않는다는 데 있다. 시간강사의 고용 불안과 근무 환경을 개선한다는 취지로 법안을 발의한 교육부만 제외하고 그렇다. 시간강사들은 물론이요 대학과 교수들까지 부정적인 의견을 표명하고 있다.

시간강사 입장에서 보면 주당 9시간 시수의 전임교원이 됨에 따라 현재와는 달리 하나의 대학에서만 강의할 수밖에 없게 되어 경우에 따라서는 수입이 줄어들기도 하는 문제가 있다. 보다 중요하게는 새로 임용되는 강사들에게 그렇게 9시간씩 강의를 몰아주게 됨으로써 현재의 시간강사 중 상당수는 더 이상 강의를 할 수 없는 상황에 처하게 되는 문제가 생긴다. 시간강사 전체를 두고 볼 때, 처우를 개선한다는 취지가 무색해지는 것이다.

대학들 또한 반대 의사를 표명해 왔다. 대학 입장에서 보면 퇴직금과 보험료 부담의 증대가 큰 문제이다. 이에 더하여, 강사료의 인상이 수반될 필요가 있다는 점 또한 반대의 이유이다. 교수들의 경우 그동안 행사해 왔던 강사 위촉 권한을 대학에 넘겨줘야 하는 일이 탐탁지 않을 수 있고, 강사에게 맡기기 곤란한 소수 강좌들을 떠맡아야 하는 부담도 추가된다(『교수신문』, 2015.10.2;『뉴스1』, 2015.10.3 관련 기사 참조).

사정이 이러해서 반대 기류가 여전하다. 최근의 설문조사 결과 시간강사의 93.9%, 전임교원 및 비전임교원의 73.5%가 시간강사법에 반대하고 있다(『교수신문』, 2015.11.20). 2011년 12월에 국회를 통과한 이 법이 19대 국회에서 두 차례 유예되었던 것 또한 이러한 사정에 말미암는다 하겠다. 그럼에도 불구하고 이제는 유예안을 발의할 국회의원을 찾는 것부터가 어렵다 한다. 이 문제의 심각성이 제대로 살펴지지 못한 탓인 듯싶다.

시간강사법이 문제되어야 할 핵심은 두 가지다. 하나는 교육의 측면이고 다른 하나는 정의의 측면이다. 현재 상당수의 대학들이 반대하는 경제적인 이유에서가 아니라, 대학이 최고의 교육기관으로서 갖춰야 마땅한 교육 및 정의·윤리의 측면에서 이 법의 문제가 조명되어야 한다.

시간강사법이 교수 사회에서 비정규직의 양산을 가속화하리라는 점은 명약관화하다. 교직원 연금의 수혜 대상에서는 제외하면서 전임교원으로 인정한다는 것은, 재정이 부실한 대학들로 하여금 강사를 뽑아 전임교원 확보율을 높이라고 충동이는 것에 다름 아니다. 현재도 비정년트랙 교원이 많은 것이 큰 문제인데 이를 악화시키는 것이 시간강사법이라 하지 않을 수 없다(비정년트랙 교원이란 정년보장의 대상이 안 되는 무기계약직 교원으로서, 정년트랙 교원의 40~60%의 임금을 받고 승진이 제한되어 있으며 계약 기간도 짧은 열악한 조건에 놓여 있다).

대학이 뽑아야 하는 교원 수는 교원 1인당 학생 수를 기준으로 정해진다. 인문·사회 계열의 경우 학생 25명당 교원 1인이 있어야 하고, 자연과학이나 공학, 예·체능 계열은 20명당, 의학 계열은 8명당 1인의 교원을 확보해야 한다(법제처, 국가 법령 정보 센터). 이것은 법으로 정해진 것이므로 법치국가니 준법정신이니 등을 따지지 않더라도 지키지 않아서는 안 되는 일이지만, 놀랍게도, 거의 대부분의 대학들이 전임교원 확보율을 지키지 않은 상태에서 학생들을 받아들이고 있다.

2015년 현재, 종교 계열의 대학과 의학대학 및 의(공학)대 중심 대학, 과학기술 특성화 대학 들을 제외하고 볼 때, 학생 정원 및 재학생(괄호 안) 기준 전임교원 확보율이 법정 기준을 충족시킨 경우는 서울대 131.5%(117.9%), 성균관대 118.6%(101.1%) 정도밖에 없는 실정이다(대학알리미). 그나마 성균관대도 2013년 기준 의학계열의 교수가 학생 1.5명당 1명으로 많아 결과가 그렇게 된 것이지 전체적으로 보면 열악한 수준을 면치 못하고 있으며(성균관대학교 독립언론, 『고급찌라시』 10호, 2013.4.11), 서울대의 경우 교수 1인당 학생 수가 의학계열이 5명으로 준수한 반면 공학(23명)과 예체능(21명) 계열은 법정 기준에 못 미치고 있다(2015 서울대학교 정보공시).

이러한 계열별 편차는, 전공 계열별 전임교원 1인당 학생 수에서 확연히 드러난다. 2011년 기준으로 볼 때 전국 대학 평균 인문사회 계열은 51.7명이고, 그 외 이공학계열 40.5명, 의약계열 14.7명, 예체능계열 56.1명, 사범계열 50.8명으로 나타났다(교육통계연구센터(kedi_cesi), 2015.1).

요컨대 400여 개 대학들 대부분이 법정 기준 전임교원 확보율을 지키지 못하는 것이 우리나라 고등교육의 실상이다. 그나마 양호한 수준의 종합대학들도 의대에 힘입어 그러한 수치를 보이는 것이니, 이른바 '돈이 되는' 분야만 전임교원을 확충하고 있다 해도 과언이 아니게 된다.

전임교원의 내막을 들여다보면 실상은 더 문제적이다. 전임교원 중 비정년트랙 교원의 비중이 계속 커져서 최근 5년간 그 수가 2배 이상 늘어난 것이다. 사립대학 87개 교를 대상으로 한 최근 5년간의 현황을 보면 2011년 전임교원의 12.0%를 차지했던 비정년트랙 교원이 2015년에는 20.6%로 증가했다. 이렇게만 보면 그다지 문제적으로 보이지 않기도 하지만, 그동안 신규 채용된 전임교원을 대상으로 분석해 보면 문제의 심각성이 확연해진다. 신규 임용자 3,167명 중 무려 69.5%에 달하는 2,200명이 비정년트랙으로 임용된 것이다 (국회의원 김태년, 「국정감사 보도자료」, 2015.8.29).

　이상의 수치들이 반영하는 대학의 현실을 고려할 때, 시간강사법이 발효되면 대학의 교원 중 정년트랙의 비중이 급속히 낮아지리라는 것은 불을 보듯 명확하다 하지 않을 수 없다. 그 결과는 무엇인가. 교육의 질이 저하되는 것이 하나요, 대학 교원 내의 위화감이 증대되는 것이 나른 하나다. 비정년트랙의 불안정성을 고려하면 안정적인 연구에 근거를 둔 교육 질의 향상을 기대하기 어렵다는 것이 전자의 내막이고, 대학의 교수 사회 또한 노동시장처럼 양분화되어 정의롭지 못하게 되는 것이 후자의 실상이다. 요컨대 시간강사법은 교수다운 교수를 없애는 악법 중의 악법이다.

　문제를 해결하는 올바른 방향은 무엇일까. 대학들이 법을 지키도록 하는 것이다. 전임교원 확보율을 충족시키도록 강제하는 식으로 대학의 구조조정이 행해져야 한다. 실질적으로 전임교원이라 하기 어려운 강사가 전임교원으로 산정되는 일은 엄금하면서, 대학들이 학생 수에 걸맞은 전임교원을 확보하도록 해야 한다. 어렵게 공부해 박사학위를 받은 시간강사들 상당수를 실질적인 전임교원으로 채용하도록 이끌어야 한다. 그렇게 해서 학생들에게 양질의 교육으로 돌려주어야, 최고 교육기관인 대학의 이름에 걸맞은 대학이 된다. 대학이 대학다워야 국가의 품격도 지켜지지 않겠는가.

1. 인명

게오르그 짐멜 73, 97
괴테 76, 149, 154
구스타브 르봉 217
김숨 80
김재영 91
김진명 158
김탁환 75
김학수 199

니체 178

단테 158
데이비드 로이드 130

로버트 크럼 130
루소 81
루이 알뛰세르 24
루카치 21

마르크스 72
마빈 해리스 39
마샬 맥루한 120
막스 베버 29
말콤 글래드웰 35
메리 셸리 30
미셸 푸코 188

밀란 쿤데라 25

박경리 76, 154
박민규 93
박범신 91
박완서 202
발터 벤야민 24, 78
버나드 베켓 23
버트란드 러셀 184
브라이언 보이드 203
삐에르 부르디외 150

새뮤얼 헌팅턴 92
소크라테스 59
시몬느 드 보부아르 208
신경숙 162, 202
실러 21

아도르노 31
아리스토텔레스 153
아브라함 몰르 140
아트 슈피겔만 130
안토니오 가우디 76
알란 무어 130
알렉상드르 꼬제브 107
앙리 르페브르 98

어슐러 르 귄 155, 193
에드워드 사이드 93
오르테가 이 가세트 217
올더스 헉슬리 23
위르겐 하버마스 92
유홍준 137
이경희 146
이반장 91
이희원 104
임경순 203
임마누엘 페스트라이쉬 170

지그 링시에르 18, 150
장강명 159
장 보드리야르 98
장 폴 사르트르 20
장현도 157
정민 188
정찬 159
제임스 조이스 154, 158
조 사코 130
조르주 르페브르 130, 217
조세희 154
조중걸 139
조지 오웰 23, 103, 192
존 스튜어트 밀 109

찰리 채플린 72
최시한 203

칸트 67, 82

토마스 S. 쿤 44

파스칼 브뤼크네르 79
폴 발레리 78, 154
프로이트 24
플라톤 21, 59
피터 드러커 52
필립 로스 195

한병철 78, 209
헤겔 107
헨리 데이빗 소로 164
호르크하이머 31
홍명희 76
황석영 117, 154
황현 220

E. H. 카 222
K. 해리스 139
M. 칼리니스쿠 140

2. 저서 · 작품

1) 철학

『감성의 분할』(자크 랑시에르) 150
『감시와 처벌』(미셸 푸코) 188
『게으름에 대한 찬양』(버트란드 러셀) 184
『경제학-철학 수고』(마르크스) 72
『계몽의 변증법』(호르크하이머·아도르노) 31
『논어』(공자) 66
『돈의 철학』(게오르그 짐멜) 73, 97

『선악의 피안』(니체) 178
『순진함의 유혹』(파스칼 브뤼크네르) 79
『심리 정치』(한병철) 209
『역사와 현실 변증법 – 헤겔 철학 입문』(알렉상드르 꼬제브) 107
『지식인을 위한 변명』(사르트르) 20, 36
『칸트의 역사철학』(칸트) 68
『파이드로스』(플라톤) 59
『피로사회』(한병철) 78
『현대성의 철학적 담론』(위르겐 하버마스) 92

2) 역사
『1789년의 대공포』(조르주 르페브르) 217
『대중의 반역』(오르테가 이 가세트) 217
『문명의 충돌』(새뮤얼 헌팅턴) 92
『성의 역사』(미셸 푸코) 188
『역사란 무엇인가』(E. H. 카) 222
「역사의 개념에 대하여」(발터 벤야민) 24

3) 문학, 미학 및 예술
『동양의 음악사상 악기(樂記)』 146
『두길 서양음악사』(홍정수 외) 149
『모더니티의 다섯 얼굴』(M. 칼리니스쿠) 140
『무감각은 범죄다 – '저항의 미학'으로서 성미학』(이희원) 104
『소설의 이론』(게오르그 루카치) 21
「스토리 텔러」(발터 벤야민) 78
『음악청중의 사회사』(이경희) 146
『이야기의 기원』(브라이언 보이드) 203
『키치, 우리들의 행복한 세계』(조중걸) 139
『키치란 무엇인가?』(아브라함 몰르) 140
『현대미술 – 그 철학적 의미』(K. 해리스) 139

4) 사회과학
『21세기 지식경영』(피터 드러커) 52

『교육학 강의』(칸트) 82
『구별짓기 – 문화와 취향의 사회학』(삐에르 부르디외) 150
『구텐베르크 은하계』(마샬 맥루한) 120
『군중심리학』(구스타브 르봉) 217
『문화의 수수께끼』(마빈 해리스) 39
『소비의 사회』(장 보드리야르) 98
「시민의 불복종」(헨리 데이빗 소로) 164
『에밀』(루소) 82
『오리엔탈리즘』(에드워드 사이드) 93
「이데올로기와 이데올로기적 국가 장치」(루이 알뛰세르) 24
『정신분석학의 근본 개념』(프로이트) 24
『정치적인 것의 가장자리에서』(자크 랑시에르) 18, 150
『정치학』(플라톤) 154
『제2의 성』(시몬느 드 보부아르) 208
『존 스튜어트 밀 연구』(조순 외) 109
『현대세계의 일상성』(앙리 르페브르) 98

5) 기타
『과학 커뮤니케이션론』(김학수 외) 199
『과학혁명의 구조』(토마스 S. 쿤) 44
『꿈꾸는 리더의 인문학』(박상준) 35, 208
『나의 문화유산 답사기』(유홍준) 137
『문학의 숲, 그 경계의 바리에떼』(박상준) 208
『미쳐야 미친다』(정민) 188
『스토리텔링, 어떻게 할 것인가』(최시한) 203
『아웃라이어』(말콤 글래드웰) 35
『직업으로서의 학문』(막스 베버) 29
『한국인만 모르는 다른 대한민국』(임마누엘 페스트라이쉬) 170
『호모 메모리스』(이진우 외) 203

6) 문학작품

『1984』(조지 오웰) 23, 103, 192

『2058 제네시스』(버나드 베켓) 24

『개밥바라기 별』(황석영) 117

『골드 스캔들』(장현도) 157

『길, 저쪽』(정찬) 159

『나마스테』(박범신) 91

『난장이가 쏘아올린 작은 공』(조세희) 155

『납작쿵』(이반장) 91

『네메시스』(필립 로스) 195

『멋진 신세계』(올더스 헉슬리) 23

「법 앞에서」(김숨) 80

『빼앗긴 자들』(어슐러 르 귄) 155

『신곡』(단테) 158

『엄마를 부탁해』(신경숙) 202

「오멜라스를 떠나며」(어슐러 르 귄) 193

『율리시스』(제임스 조이스) 158

『임꺽정』(홍명희) 76

「절명시(絶命詩)」(황현) 220

『젊은 예술가의 초상』(제임스 조이스) 155

『지구영웅전설』(박민규) 93

「집 보기는 그렇게 끝났다」(박완서) 202

『참을 수 없는 존재의 가벼움』(밀란 쿤데라) 25

『코끼리』(김재영) 91

『토지』(박경리) 76

『파우스트』(괴테) 76

『프랑켄슈타인』(메리 셸리) 30

『한국구비문학대계』 211

『한국이 싫어서』(장강명) 159

7) 『그래픽노블』, 〈영화〉, 기타

〈모던 타임즈〉(찰리 채플린) 72

『브이 포 벤데타(V for Vendetta)』(알란 무어, 데이비드 로이드) 130

『안전지대 고라즈데』(조 사코) 130

〈어둠의 공포(fear(s) of the dark)〉 128

『쥐』(아트 슈피겔만) 130

〈콘택트〉 76

『팔레스타인』(조 사코) 130

3. 사항

3포 세대 175

7포 세대 175

가정 66

가족 이기주의 177

가톨릭 40

감각 100

갑질 62, 108, 113

거리의 인문학 41

경제 28

경제 민주화 54

경제 중심주의 31, 39, 49, 50, 78, 92, 93, 108, 113, 228

경험주의 44

계몽 67

계몽주의 18, 19

고령화 사회 52, 201

고전(classic) 148, 154, 160

공감 102

공동체 50, 81, 103, 108, 141, 178, 208, 220

공학 29
공화정 18
과시적 소통 207
과학 28
관념론 44
교과서 43, 58, 154, 173, 220
교설 67
교육 31, 55, 81, 225
군중 217
그래픽 노블(graphic novel) 130
근대화 92
글 59, 117, 205
글쓰기 206
금연 캠페인 112
금주령 186
기계 71

난민 101
냉소주의자 26
노래방 146
노벨문학상 162
노벨상 47
노블레스 오블리주(noblesse oblige) 211
농업 50
니트족 176

다문화 가정 93
단골 95
대중 215
대중문학 155
대중문화 134
독서 60, 118
동성 결혼 90
동성애 90
동일성 24, 208

동일자 209
리더십 35, 67

멘토 36
명품 97
문명 24, 34, 92, 120, 145, 208
문학 38, 147, 178, 186, 202
문화 24, 63, 115, 119, 127, 146, 187, 203
문화상품 31, 41
미적 교육 21
민주주의 18, 100, 103, 173, 215
민주화 100, 179, 224

바둑 86
베스트셀러 26, 157, 167
복지 51
분업 35, 72
비정규직 55, 227
빨리빨리 현상 77

사교육비 81
사그라다 파밀리아 성당 76
사물화(reification) 72
삶의 양식(style) 95, 98
상품화 17, 41, 136
새마을 운동 25
생활공간 113
서구화 92
서양 추수주의 92
선진국 51
성과사회 78
성형 97
세계문학 148
소설가 75, 162

소외 72, 125, 182
속물 26
스토커 33
시민 55, 82, 93, 164, 177, 193, 214
신문 102
신용 거래 79
신자유주의 17, 54, 151
실업 39, 175
실업률 176
실재론(實在論) 44

아웃사이더 26
아이러니(Ironie) 21
아파트 173
애니메이션 128
언어 205
여론 191, 208
여행 110
역사 39, 43, 107, 203
역할 모델(role model) 65
연민 177
예술 39, 49, 115, 128, 137
오리엔탈리즘 93
왕따 80
외국인 혐오증[제노포비아(xenophobia)] 91
요리 122
욕구 107
운동으로서의 문학 154
유교 40
유명론(唯名論) 44
유물론 44
유체이탈화법 78
유행 26, 41, 63, 95
유흥으로서의 문학 155
음악 129, 143

이공계 38, 127
이데올로기 24, 188
이야기 196
이중사고 103, 192
인문계 38
인문 정신 47, 178
인문학자 18, 76, 157, 214
인성 58
인정 투쟁 107
인종주의 92
인터넷 72, 145, 185, 205

자동판매기 63, 70
자본 17, 27, 40, 97
자본주의 40, 100
자연과학 44, 227
자유 23, 25
자유주의 17
자유학기제 33, 37
작품으로서의 문학 154
재교육[르시클라주(recyclage)] 98
저작권 165
전인교육 81
정보 195, 206, 227
정치 150, 190
젠트리피케이션(gentrification) 51
주인과 노예의 변증법 107
주체(subject) 24
중독 185
지식 58
지식인 19, 33, 154, 218
지혜 58

철인정치 21
철학 40

청년 실업 175
초고령 사회 53, 201
축제 39
출산율 93, 175
출산율 감소 52
치매(dementia) 201

커넥터 33
커뮤니케이션 199
키치(Kitsch) 138

파시즘 92
포트래치(potlatch) 39
포퓰리즘 51
표절 162

하우스 푸어 181
학교 80
학교폭력 80
학문 44
합리주의 44
행복 176
현실 원칙 24
협력학습 33
협업 35

SNS 72, 140, 205